别问时间都去哪儿了

马士琦 署

朴实 著

陕西新华出版传媒集团
太白文艺出版社

图书在版编目（CIP）数据

别问时间都去哪了 / 朴实著． — 2版． — 西安：太白文艺出版社，2017.9（2023.2重印）
　　ISBN 978-7-5513-1211-0

　　Ⅰ．①别… Ⅱ．①朴… Ⅲ．①散文集—中国—当代 Ⅳ．①I267

中国版本图书馆CIP数据核字（2017）第180130号

别问时间都去哪了
BIEWEN SHIJIAN DOU QUNA LE

作　　者	朴　实
责任编辑	葛　毅
整体设计	孙鸿雪
出版发行	陕西新华出版传媒集团 太白文艺出版社
经　　销	新华书店
印　　刷	三河市嵩川印刷有限公司
开　　本	787mm×1092mm　1/16
字　　数	140千字
印　　张	14
版　　次	2015年10月第1版 2017年9月第2版
印　　次	2023年2月第2次印刷
书　　号	ISBN 978-7-5513-1211-0
定　　价	48.00元

版权所有　翻印必究
如有印装质量问题，可寄出版社印制部调换
联系电话：029-81206800
出版社地址：西安市曲江新区登高路1388号（邮编：710061）
营销中心电话：029-87277748

序言

文/青荷

序一般由作者本人或是业内知名度较高的人来写。一天，我谈了对朴实新作《别问时间都去哪儿了》的感想后，朴实竟然让我写出来，说可以作为书的序言。俗话说："没有金钢钻，别揽磁器活"。我推辞说："还是找个名人写吧。"但朴实说："没有人规定，序一定要名人来写。文章写得不好，就是叫名人写个序你也成不了名人。"我不好再推辞，就写一篇文章，权作序吧。

余光中曾说："一篇上乘的序言，因小见大，就新喻远，发人深省，举一反三，功用不必限于一本书，一位作者。"但我能力有限，还是只说说此书和作者吧。

在人们的印象里，大多数领导和官员，工作上严肃刻板，生活中寡言少语。偶然一次机会，在报刊上看到朴实的旅行散记

《人在旅途》的有关评论，评价颇高，便心生好奇，于是趁工作接触的机会，索要了一本。

这一读，便肃然起敬了。原来领导也有很文艺很平易近人的一面。一本十万字的作品，承载了太多：不但有异域风情，人情世态，更有自己的体会感悟。我想，没有疏旷清远心境的人是写不出这样的文字，他的文字正如他的名字一样朴实，源于天然，无须雕饰。

这些年，朴实在文字的海洋里，辛勤耕耘，自如挥洒，看看这几部主要作品的出版年月：1993年《香山下的阴影》、2003年《岁月留痕》、2004年《风雨人生路》、2006年《人在旅途》、2009年《幸福在路上》、2011年《幸福的感觉淡淡的》、2013年《青春不迷茫》、2014年《老兵不走》和《老兵日记》、2015年《别问时间都去哪儿了》，便知他是多么勤奋。二十几载，在工作之余，竟出版了十本文学著作，有小说、散文、报告文学，写作体裁多样，写作内容广泛，这样的节奏几乎赶上专业作家了。当然这也无愧于他的中国作家协会会员、陕西著名文学艺术家、陕西省评论家协会副主席、陕西交通作协副主席等称号、职务。

秋天是收获的季节，朴实的散文集《别问时间都去哪儿了》马上就要付梓了，这是他业余时间写出的第十本书了。工作岗位多变的朴实，在阅尽人世浮华，经历纷繁复杂的社会后，终归于生活的简单与平淡。这本散文集是他多年的生活感悟所得，四十六篇文章，皆取材于身边的人和事，用素洁的文字，叙说着自己对亲情、友情的珍惜，对生活的思考，对工作的感悟，对自然的敬畏，字里行间流淌着独特见解。

生活中的一言一行，一事一物，一花一草，都是朴实创作的源泉。这些平常的人和物、事和理、花和草经过他的提炼、升华，便有新的视角和新的味道，言词间充满了他对事业、亲情、人生境界的浪漫、乐观，向上的风采与情怀，无处无刻不在传递着正能量，莫不给人以启迪，给人以感悟。

有些文字看似简单，却蕴含着深刻哲理。《别问时间都去哪儿了》有一段描述"时间对每个人都是公平的。别问时间都去哪儿了，要问你在有限的时间里都干了些什么。时间也是无情的，再美丽的容颜，也会被时间老人刻上岁月的印痕；再辉煌的过去，也会被新的辉煌代替。"

在《甲方乙方》中，他写道"中国社会的经济发展到现在，虽说到处坑坑洼洼，但毕竟还是有一个不可逆转的方向，那就是诚信经商、良心为本的契约精神必将发挥着越来越重要的作用……真材实料，不虚不假，为人正直，才是从商之本。"简短的几句话使你明白，在诚信缺失的当下，怎么做人，怎么做企业，也从另一方面反映出他为人正直的高尚情操。

"其实老百姓对这种脸谱早有定论，叫笨狗扎个狼狗势！话丑理端，入木三分。笨狗，何以要扎狼狗势呢？无非是在造势，抬高自己，显显威风，但往往适得其反。那什么脸谱好呢？愚以为无论台上台下还是本真者好。还是引用小平同志那句话，以'老百姓高兴不高兴，满意不满意，答应不答应'为标准好。"这是《主席台脸》中的几句话，寥寥几笔，辛辣地讽刺了主席台上某些领导的装腔作势。这些创作灵感来自于他对人性的理解，对人物细致入微的观察。

还有些文字看似普通，却在潜移默化中，走进您的内心深处。在《夺命的不仅是客车》中，他这样写道"**在每一次遗憾和反思之后，在接踵而来的一个个会议落实安排之后，在抽调更多的人去抓安全抓落实之后，我们能不能从珍视生命入手，思安全之根源，戒浮躁之情绪，订规范之制度，把每个生命的安危倾注于内心，把每个鲜活的生命当作自己的家人，这样，安全既在表面，更在人心深处。**"这些纯粹干练，宁静朴实的文字，彰显着他工作中、生活中敏感而睿智的思考。也只有内心有了格局、有了强烈责任感的人才能写出这样的文字。

《夜宿武当山》也是我喜欢的，正像他所描写的："山里的夜，更显寂静，依稀可听到蛐蛐的叫声，这种感觉久违了。朦胧中，我感觉是睡在奶奶的土炕上，又似乎是睡在知青组的通铺上，仿佛看到了夏夜流萤，听到了池塘蛙声。这一夜我回到了少年时代、青年时代，人生好像不是百年，而是几百年，可以返回去再活的……"对流年的回忆，对人生的感悟，朴素的情怀里有没有禅意盈盈？

《别问时间都去哪儿了》这部散文集里，还有很多富有哲理、富有思想、富有禅意的文章，犹如春天的花香，在空气中芬芳着，弥漫着。

《淮南子》云："圣人不贵尺之璧，而重寸之阴。"朴实从政多年，利用工作之余，写有100多万字的著作，让我这个文学爱好者心生敬仰。他的文字如一坛陈年佳酿,隽永绵长,在岁月的长河里,吐露着芬芳。

"当官一阵子,做人一辈子"这是朴实常说的一句话。

"当官一阵子,文学一辈子"这是我看了朴实作品的体会。

2015年9月20日

目录 CONTENTS

1 / 别问时间都去哪儿了
5 / 准烟民
9 / 别被微信忽悠了
13 / 聊搓麻
17 / 主席台脸
20 / 甲方乙方
23 / 胖也罢　瘦也罢
27 / 好书记杨尚坤
30 / 安黎的真善美
34 / 向老一辈文化人致敬
37 / "驴友"感悟
41 / 这个婚礼很特别
45 / 夺命的不仅是客车
48 / 冲动是魔鬼

52 / 婚礼上的箴言

57 / 安民走得很仓促

64 / 清华！北大！随便填一个

67 / 简单的幸福
　　——读父亲的诗歌有感

71 / 当外公的感觉

74 / 为无辜的生命祈祷

77 / 叔父打我两耳光

81 / 体味两个诺奖得主的精彩对话

86 / 思念

91 / 体味"黄金粥"

96 / "瓜老汉"郑智云

102 / 不朽的精神财富

107 / 乔老师出车祸了！

112 / 洗净浮华　淡守流年
　　——陕西美协卓信艺术家档案人物白芳君

116 / 士别三日当刮目

121 / 找保姆是个技术活

目录 CONTENTS

125 / 童真童趣的真诚
　　——《童真童趣》日记序言
128 / 我眼中的马士琦
132 / 残缺的墓碑
136 / 美哉边城
142 / 走在德国的公路上
146 / 茶乡行
149 / 富平有个御果山庄
152 / 夜宿武当山
155 / 大美青海　醉美油菜
158 / 马嵬驿的成功与遗憾
164 / 龙年故乡行
171 / 初一年饭的风波
174 / 家风
179 / 老了回家养牛去！
183 / 我的大年三十
187 / 文学写作与个人修养
　　——在全省公路系统文秘人员培训班上谈文学写作
207 / 写在《别问时间都到哪儿去了》出版之际

别问时间都去哪儿了

不知从什么时候开始，我发现自己老了。

喊叔叔的人越来越多，叫爷爷的不时出现；过去给别人介绍妻子时，称谓是媳妇或者爱人，现在只好称老婆了，因为称媳妇容易被误解成儿媳妇；坐公共汽车时，开始有人让座了；偶尔去歌厅吼两声，只会唱《达坂城的姑娘》或《在那桃花盛开的地方》，新歌基本唱不来；"碎碎念"、"屌丝"、"欧巴"等网络语言至今也没弄明白准确含义；从饭店出来，总能听到门迎甜甜的声音："您老慢走！"嗨！我怎么就老了呢？掐指一算，哦，过年就六十了。

当知青时，看到几个四五十岁的农民，坐在墙根吧嗒吧嗒抽旱烟、晒太阳，心里想：这些老汉没事干等死哩！自己到了三十岁时，突然有了光阴如梭的感觉，想起坐在墙根抽旱烟的老汉，心里一阵阵悲凉——再有十年自己就是老汉了。于是老牛自知夕阳短，不用扬鞭自奋蹄了，工作上加紧节奏，生活上丰富内容。

一转眼，四十岁了，再一转眼，五十岁了。小时候天天盼过年，现在一眨眼，咋又过年了？此时，深刻理解了毛主席诗词"三十八年过去，弹指一挥间"的意境。后来工作不断变动，从县里到市里，再从市里到省里，一路走来，不知不觉五十多了。

性格变了，脾气变了。不再有少年的轻狂、青年的浪漫，更多的则是对生活的感悟和理解。不随便发脾气了，因为过阵子发现那些都不算事；不抱怨生活的不公了，因为生活根本不知道你是谁；不评价别人的好坏了，因为别人并不影响你的生活起居与追求；给乞丐投几个硬币，心里会舒坦许多（尽管知道有些是骗子）。

时间对每个人都是公平的。别问时间都去哪儿了，要问你在有限的时间里都干了些什么。时间也是无情的，再美丽的容颜，也会被时间老人刻上岁月的印痕；再辉煌的过去，也会被新的辉煌代替。"滚滚长江东逝水，浪花淘尽英雄。"浩渺的宇宙里，地球只是一个不起眼的星星，匆匆的光阴不会等待你的迟疑。突然想起朱自清的《匆匆》："于是——洗手的时候，日子从水盆里过去；吃饭的时候，日子从饭碗里过去；默默时，便从凝然的双眼前过去。我觉察他去的匆匆了，伸出手遮挽时，他又从遮挽着的手边过去……"

老了，盘点一下过去是必要的，有价值的东西留下，没有价值的扔掉。有个熟悉的老干部，退休后整理了几天资料，发现全是各个时期的工作报告、总结，还有几摞精心剪贴的报纸。今天否定昨天，明天又否定今天。最后感叹说："干了一辈子无用功！"其实道理很简单：财富是有限的，精神是永恒的。留下精神财富才是最重要的。

老了，不要感叹人走茶凉的世态，当官一阵子，做人一辈子，到什么时候就有什么时候的圈子。如果你是肯吃亏的人，人缘自然好，人缘好的心态自然好。尖酸刻薄，不积口德，你不走茶也凉了。

老了，加强锻炼，注重保健是必要的，但不要相信广告，不要迷信讲座，更不要被微信忽悠着走。相信科学，结合实际，顺其自然，量力而行。

老了，应该感到自豪才对，因为你尝遍了人间的五谷山珍，体味了世道的酸甜苦辣，看够了江河山川美景。有多少同僚们先你而离去，活着就是成功，就是胜利，健康地活着就是更大的胜利。

老了，有充裕的时间，过去的业余爱好，都可以当作正事来做。书法、美术、文学、音乐、收藏等，都是可以陪伴终生的事业。本人爱好文学写作，业余时间写过好几本书，但没有一本可以冲出去的。就好像收藏宝贝，全买来些山料、B货、赝品，最终没有多大用处。老了，时间由自己支配，潜心创作应该是不错的选择。

还是朱自清："燕子去了，有再来的时候；杨柳枯了，有再青的时候；桃花谢了，有再开的时候……"人也一样，一茬一茬，生生不息。岁月可以在皮肤上留下皱纹，却无法给灵魂刻上一丝痕迹。每个人都有青春年华时，都曾风华正茂过，每个人都是在不知不觉中变老。三十岁的你不要羡慕二十岁的人，五十岁的你不要羡慕四十岁的人，比你大的人永远羡慕着今天的你。有时候年轻人可能会看不起你。你可以告诉他："老子也曾年轻过、疯狂过、风光过，可你老过吗？"几十年也就弹指一挥间，只要活着，就要自信、自立、快乐、充实，过好属于你的每一天。

只有花开的时候尽情地绽放，花谢的时候才会有满地的缤纷。

发表于2015年1月《陕西交通报》

准 烟 民

抽烟是个坏习惯，可全世界抽烟的人并不少，据说有十分之一还多。作家贾平凹把抽烟叫作"吃烟"，也可能是地方方言，可见他和他们那里的人对烟是多么的喜爱，就像吃饭一样地喜爱和依赖。

我烟龄不短，但烟瘾不大。来了人陪着抽，来人抽得多我也抽得多，人走了我一支也不抽，充其量就是个准烟民。不抽也不想，而且抽时不过喉，别人说我这是糟蹋烟哩。

最早学抽烟是当知青的时候。天黑了，忙碌了一天的知青们收工后，大伙儿坐在一起天南地北谝闲传。知青组里有几个女知青，长得不算很漂亮，但比起农村人，那就白净细发多了，自然也吸引来许多当地男青年。当地农民几乎都抽烟，每天晚上知青组窑洞里烟雾缭绕，和着汗腥味、脚臭味，派生出一种奇特的味道。因为我是知青组长,有女知青问我说:"能不能让他们少抽点烟?"我说:"不抽烟窑洞里味道更难闻。"

农民抽烟,我们也跟着抽,当时主要是抽旱烟,用纸卷个喇叭筒,把烟叶填进去,把口一捻,点着就可以抽了。我原以为抽烟只要不过喉,就不会对身体有伤害,但实践证明,不是那么一回事。一次,一个农民卷了一锅烟对我说:"你能把这烟降住算你本事大。"我看见那烟是用发票卷的,上面有元、角、分字样。农民又说:"你能抽到'元'字就可以了。"嗨!小看人。我点着烟,连吸几大口,"元"字过了,"角"字也过了,接近"分"字时,农民夺走了烟,连连说:"你厉害,你厉害!"我知道我的秘密在于抽一口冒一口,从来不过喉。可谁知,不一会儿,感到头昏眼花,恶心想吐。当着众知青的面,我硬撑住没有倒下,摇摇晃晃走出窑洞,又摇摇晃晃走进厕所,眼前一花,扑通一声跌倒了。不知过了多久,听见有人叫我的名字,睁眼一看,躺在了知青组的炕上。从此以后,我再也不敢逞能了,同时也知道,烟不过喉也会中毒哩!

我是个随和的人,年龄越大越随和。别人递给我一支烟,我一定会接住,不能说不会抽,怕万一哪一天抽烟时被这人看见,说我是个虚伪的人。如果递烟者再给我点火,我会用食指轻轻地敲敲点烟者的手背,表示感谢,这个动作是在南方一个城市挂职时学会的。

凡事都要顺其自然,抽烟也一样,存在就有它的必然性。那么多研究机构说抽烟易患这病那病，但国家为什么不像禁毒品一样禁烟呢？有人说烟民有需求，禁烟要有个过程，这话显然牵强，过去许多人吸大烟不是也有需求吗？最终不是也禁止了吗？税收可观恐怕是个硬道理。现在烟盒上都写"吸烟有害健康"的字样，一些外来烟干脆印上可怕的骷髅，或者是恶心地切开两瓣的黑色肺叶，有必要吗？既然要卖烟，就老老实实地卖。抽烟人一边吸着烟，一边看着恐怖的画面，不是让身体和心灵都受到伤害吗？

女人一般反感抽烟，当然不包括外国女人。我去俄罗斯就见过许多女人抽烟，海参崴就特别多。她们纤纤细手，拿着纤纤细烟，抽一口吐半天，迷离的眼神若有所思，那是在玩妖媚，但也的确吸引眼球。中国女人大都反感吸烟，我妻子就特别特别反感。一天晚上，我和几个烟鬼朋友在外面打麻将，"牌不兴，拿烟熏"，几个小时下来，大家都头昏眼花了。回到家里，妻子立马闻出了烟味，叫我立即脱掉毛衣。脱掉毛衣后，她耸耸鼻子又说："衬衣也有味，快脱！"我立即脱掉衬衣。她又耸耸鼻子说："不行，头发身上都有味。"于是，我只好全面清洗了一遍，仿佛刚从茅坑里钻出来似的。

过去到火锅店吃饭，看到要给客人的衣服上罩个罩子，常感叹这里的防范意识强，现在知道不光是为防小偷了。

吸烟的确不好，办公室来了烟民，一会儿狭小的空间便被烟雾笼罩。起身把窗户开个小缝，以便烟能散出去些，然而我看到的是比房间空气强不了多少的黄色雾霾，似《西游记》般，凡有妖精出没，便先来一阵妖雾。看来，吸烟比起雾霾是小巫见大巫了。烟可以不吸，但有雾霾的空气人人都得吸，这是生命的本能，且不论富贵贫贱，男女老幼，也没有二手雾霾、三手雾霾之说。

其实，民众最渴望的是在限制吸烟的同时，加大城市环境的综合治理，多管齐下，使治污工作常态化。如果再把PM2.5的指标，作为考核领导干部升降的重要标准，相信空气就一定能好起来，天空就一定能蓝起来，百姓就能享受到一个"玉宇澄清万里埃"的环境。

发表于2015年2月《陕西交通报》

别被微信忽悠了

自从腾讯开发出具有可以发信息、发图片、视频聊天等功能的软件后，微信用户在短短几年时间里，已经突破六亿。可谓创造了中国互联网用户发展最快的纪录，足可见其发展的势头已经不可逆转。

对于迅速"上位"的微信，每天煞是热闹，发图片的、做广告的、晒幸福的、发链接的、集赞的、写感悟的，大家乐此不疲。许多人迷恋甚至依赖，做起"低头族"，顾不上与人交流，不爱进行户外运动。有人边看手机边走路，不是撞上电杆就是撞上汽车；有人专注了手机，钱财常被小偷轻而易举地"顺走"。"低头族"中，中青年占多数。好不容易回一次父母家，却顾不上和老人交流，三分之二的时间在看手机；平时在家里，也顾不上和孩子交心，错过了陪伴孩子的黄金教育期。有专家说这是知识饥渴的表现。

微信，使中国人得以大规模呈现自己的日常生活，同时偷窥他人的日常生活。本韦努托·切利尼曾说："一个人若打算描述自己的生活，至少该年满四十岁，而且要在某方面取得斐然成就。"但如今，任何一个拥有手机的人，都不会搭理这位意大利文艺复兴时期大师的古怪理论。几年前，博客和QQ是人类借以描述自己生活的两件利器，但在微信崛起之后，它们就坠入了石器时代。

有朋友说，他可以从一个人发出的十条微信中窥出这个人的职业、爱好、心态甚至年龄。比如爱发人生感悟"钱财是儿女的，当官是暂时的，辉煌是过去的，健康是自己的"之类，这个人不是老了就是快退休了；爱晒幸福的，如今天吃了什么，到哪里旅游了，买到了什么好衣服，淘到了什么好宝物，多为喜欢宣泄内心情感的年轻女性；爱转发城管打人了，幼儿被虐了，广场舞扰民了等消息的，多为挎篮子游走菜市场的忧国忧民的老太太们；还有常发书画作品，珠宝鉴赏知识，卫生健康指南，幼儿教育常识等，都暴露了自己的喜好、职业和年龄。

任何新生事物带来的变化都是优劣参半。微信里的人生智慧、哲理名言，可谓铺天盖地。似乎一夜间人们都成了哲人，出口便是"百善孝为先""上帝为你关上一扇门，就会为你打开一扇窗"、"每一个成功男人的背后都有……"过去读一本书，才悟出一两句名言警句，现在一天可收到几十条、近百条，于是许多人不读书了，似乎从微信里找到了学习的捷径。据媒体报道，俄罗斯人年均读书五十本，日本四十本，韩国七本，中国只有零点七本。有一位学者说过："一个人的精神发育史，应该是一个人的阅读史，而一个民族的精神境界，很大程度上取决于全民的阅读水平。"读书不仅仅影响到个人，还影响到整个民族，整个社会。要知道：一个不爱读书的民族是可怕的民族、一个不爱读书的民族，是没有希望的民族。

微信是不能代替读书的，知识来自四面八方，就像广场舞，谁都可以上去扭一扭。东拉西扯的文字，多为碎片化的信息知识，绝对不能和经典相比。林林总总、乱象丛生的信息，其实反映的是人心浮躁的态势，若痴迷其中，势必影响人们的判断力，对人（特别是缺乏判断力的青少年）进行着长期的不良刺激。就如一个寓言故事里讲的：有只黄鼠狼，在养鸡场的山崖顶上立了块碑，上面写着："摆脱禁锢吧，不勇敢跳下去，你怎么知道自己不是只鹰？"于是，黄鼠狼每天就在崖下等着吃掉摔死的鸡。

另外，微信中的信息，有许多是不加辨析、链接转发的，可信度极差。"防治癌症的十个办法"，排名第一的方法竟然是多喝水。"柏拉图关于爱的十句箴言"被赞为"最美鸡汤帖"，其实中国的老太太一代一代都是这样唠叨的。各种大师语录，猛一看，还挺有思想，仔细一琢磨，一百句里九十九句是废话。没有筋骨和灵魂，更不要说震撼心灵、启迪智慧。还有一些不靠谱的政治传言、花边新闻、黄色段子，搞得人眼花缭乱，无所适从。

但是微信提示音一响，常常欲看不行，欲罢不能，怎么办呢？于是有智者提出："蹲坑时捎带看看，时间不白浪费；睡觉前浏览一遍，找找领导批阅文件的感觉。"平时有空多读点书，多陪陪家人、父母、亲朋，不要被微信左右了大脑，浪费了时间。人生本来就很短暂，活出从容，活出自我，才算潇洒。

为此，我点个"赞"。

发表于2014年8月《陕西日报》

聊 搓 麻

麻将场上我不是铁腿子，三缺一时支一会儿，随便来个人就被赶下场；我也不恋战，两个小时后就犯困，犯困就出错牌；爱赢不想输，但输的钱比赢的账多；麻龄不长，喜瞎琢磨，久之也看出些门道。

打麻将的人最守时，没有人强迫，没有人命令，不用人催促，往往都是准点到达，且一来就打，而且不愿意早退。说好打到10点钟，但往往就过了12点。赢的人想趁手气好赢得更多，输的人想再来几圈捞回本，不输不赢的人觉得没过足瘾。遇到周末，有时候就打个通宵。打麻将不会因为疲劳而觉得累，也不会因为环境的好坏而抱怨，更不会因为麻友的长相看不惯而厌烦，无论输赢都不愿意早散摊，无论打几天几夜都不会感到痛苦。即使社会上最最好吃懒做的人，打麻将也不会迟到早退，并且自觉加班，不辞辛劳，无怨无悔。如果工作也都如此，那人人都将是全国劳模。麻将的魔力在于它的变化性和趣味性，我想单调乏味的工作如果借鉴麻将增加一定的趣味性未尝不可。

诸葛亮有"醉其酒而观其性"之说，其实打麻将也能观察人品，看出人的性格。麻将开局时，定好规矩，说好筹码大小，人人满怀希望，笑对牌桌，心情一样，表情一样。可是打上几圈情况就发生了变化：有人摸到夹张、边张，立马喜上眉梢，阳光满面；若打错了牌，则连骂手臭或自扇耳光。有人一旦停牌，喜悦写在脸上，目光扫视全桌，甚至哼出小曲；如果自摸一张定会高高举起，重重摔下，啪的一声，吓你一跳。有人掏钱很爽快，输了就掏；有人则喜欢欠账，欠到最后就不清了……凡此种种。总之，千人千面，百人百性，表现各异，如果分类，大致常见以下几类：一个涉世未深而单纯的、不太为别人考虑的人，往往在牌桌上很情绪化。他一赢，马上笑得合不拢嘴，他想不到自己赢的快乐是建立在别人输的痛苦之上的。性格直率、缺乏耐心的人，在手气好的时候坐得很稳，可如果三两圈没摸到好牌，就会把麻将桌拍得震天响，嘴里还时不时地骂着"牌臭、手臭"，男士不停地抽烟，所谓"牌不顺，拿烟熏"；女士频频入厕，一遍遍地洗手，所谓"'尿'手回春"。性格急躁者，别人没抓牌他抢先抓，别人没出牌他的牌已落地，常常先打后揭，常常打错后悔，常常捶胸跺脚。生性木讷者，功夫全在整牌、揭牌、出牌的过程上，条饼万按大小归类，方寸不乱；揭牌时先摸后看，老谋深算，像个算卦的瞎子；出牌时举棋不定，犹豫再三，好似在抽他一根筋。其他人急得长吁短叹，他却按部就班，直逼得猴急性子伸手替他抓牌。有一类人无论是输还是赢，他的情绪及脸部表情基本上没什么变化，而且再输也沉得住气，不急躁不骂娘。这类人的内功修炼到家，是属于性格稳重、考虑周到而有城府的人。在麻将桌上赢多输少的，也大多是这类人。事实上，一个生活中最终能获成功的人，往往也具备这些性格，最起码能在败境中沉得住气。

  麻将历史悠久，参与者广泛，百姓喜欢，名人也喜欢。鲁迅酷爱读书，但对麻将也有了解。他说："嗜好读书，犹如爱打牌一样，天天打，夜夜打，连续地打，有时被巡捕房捉去了，放出来之后还要打。诸君要知道真打牌的人目的并不在赢钱，而在有趣。"老舍先生说："虽然我打麻将回回一败涂地，但只要有人张罗，就坐下来打到深更半夜。明知有害，还要往下干，在这时候，人好像被那小块块给迷住了，冷热饥饱都不去管。"麻将高手梁启超讲过这样的名言："只有读书可以忘记打牌，只有打牌可以忘记读书。"

  有文章记载，毛泽东也是很喜欢麻将的，他是在延安学的打麻将，当时他得了肩周炎，医生给他说："你打打麻将吧，对你的肩周炎有好处的。"以后他就时不时地打一打。他对麻将做过这样的评价："不要看轻了麻将，你要是会打麻将，就可以更了解偶然性与必然性的关系。麻将牌里有哲学哩。"他还说："打麻将这里有辩证法，有人一看手中的'点数'不好，就摇头叹气，这种态度我看不可取。世界上一切事物都不是一成不变的，打麻将也是一样。就是最坏的'点数'，只要统筹调配，安排使用得当，会以劣代优，以弱胜强。相反，胸无全局，调配失利，再好的点数拿在手里，也会转胜为败。最好的也会变成最坏的，最坏的也会变成最好的，事在人为！"在毛泽东的遗物中就有两副麻将牌，一副为牛骨质地，另一副为塑料质地。

　　当然，凡事都应该有度，麻将也如此，不要沉溺于此，也不要一味拒绝。有人说是玩物丧志，有人说是健脑强身，有人说是赌博，有人说是娱乐。我认为著名学者于光远先生的话很有道理，摘录于此，作为本文的结尾："任何一件事物都有两面性，这也是一切事物的辩证法。麻将是游戏的品类之一，在中国已流行了几百年，折射了中国的文化智慧。作为一种文化记忆和非物质文化遗产，它是弥足珍贵的。何况，它是人们最喜闻乐见的游戏方式，不仅在中国，甚至在全世界，玩麻将的现象也比较普遍。但是麻将在中国有'异化'的趋势，甚至成为了赌博现象的代名词，有人便想封杀麻将，我想不大可能，而且也不应该。其实，把赌博现象归罪于麻将，显然是人的智慧出了问题，是人的创造力还不够，是人在逃避责任。"

写于2010年7月

主席台脸

人的脸会呈现多种形态，喜、笑、怒、哀、哭，反映人的内心世界，即所谓"相由心生"，心态都写在脸上。可是有一种脸，非笑、非哭、非恼、非怒，像心事重重，似想入非非，凝重而呆板，老道而空虚。何脸？我称其为主席台脸。

君不见，久坐主席台者易生此脸，可谓习惯成自然。从医学角度讲，叫颜面神经麻痹，或叫笑肌萎缩，无疑是一种病态。国人常见此脸，见惯此脸，见怪不怪了。从古到今凡官都坐台上，凡民都在台下，仰视台上多为此脸，久视之不觉其怪，遗传基因加之习惯使然也，此为官脸，威严、庄重、高人一等。怪不得连孔夫子都说"君子不重则不威"，孟子也有"说大人则藐之，勿视其巍巍然"之说。看来巍巍然确是当官之脸谱。其实当官也是很难的，光这坐主席台的功夫不是人人都能练就的，要面对那么多群众，要面对照相机、摄像机，能不正襟危坐吗？特别是台上的主角，摄像机会不停地围着你转，使你连眼睛也不敢乱眨，如遇爱讲长话、开长会的领导，不是受罪才怪呢！长此以往，形成习惯，面部表情就僵化了，台上台下一个样，回到家里也吊着个脸，乃至退休后孙子不知慈祥为何状，肯定影响下一代的身心健康。

我以为主席台脸是做出来的。演员演戏也叫做戏，那是在台上，下台后再像台上那样说话，人会以为你神经不正常。我认识的多数领导下台子后是平易近人的，有同级也有上级。但有少数人不会做人，整天装腔作势，一脸阴云，好像不扎势就有失身份。我常常可怜这些人。他们不懂得行为科学，也不真正懂得领导威信的含意，更不懂得真正的威信是非权力的影响。领导的威信在于给百姓办实事，而不是扎虚势；在于有真才实学，而不是头衔高低。老百姓买你的账，你就有威信，不买你的账，你啥啥都不是。

去年北京举办奥运会，美国总统布什和老布什一家几代人坐在观众席上，随着运动场上的气氛和观众一起互动，时而呐喊，时而欢笑，时而交头接耳，给人一种自然和谐的感觉。俄罗斯总统普京，出访他国时常常参加柔道比赛，丝毫不影响大国总统的形象。国庆六十周年大庆，阅兵式上领导人难得地笑了几次，使人感到亲切，事后竟有段子传送，说明国人习惯了庄严。前国家领导人下基层时和群众一起唱歌，曾被人说成不稳当，可见领导人的主席台脸谱有时也是被逼的。近日看大片《解放》，剧中蒋介石始终不笑，架势很大，一进会场，全体将领齐刷刷起立，派头是到家了，可连吃败仗。毛泽东、朱德、周恩来，谈笑风生，运筹帷幄，常常决胜于千里之外。其实真正的政治家都是亲切随和、表里如一的人。装腔作势、高高在上、色厉内荏只能归类于小人之列，因为这种人内心空虚，底气不足，对下气势高昂，蛮横无理；奉上唯恐不周，唯唯诺诺，点头哈腰。这种人一旦下台，脱离了权力的光环是很难生存的。

其实老百姓对这种脸谱早有定论，叫笨狗扎个狼狗势！话丑理端，入木三分。笨狗，何以要扎狼狗势呢？无非是在造势，抬高自己，显显威风，但往往适得其反。那什么脸谱好呢？愚以为无论台上台下还是本真者好。还是引用小平同志那句话，以"老百姓高兴不高兴，满意不满意，答应不答应"为标准好。

甲方乙方

甲方乙方是商业上洽谈之身份，本无高低之分，但利益牵扯其中，就必然有微妙的情态转变。

细品中国文字之奥妙，不得不叹服先人的智慧。"甲"乃四口且呈站立之势，"乙"则无口且呈下跪之势，故甲方可以信口开河，乙方无口自然难辩。

近日检查外省一个施工工地，以乙方身份出席，被甲方业主狠狠数落了一番，方知甲方之高贵，乙方之卑下。尽管人家目空一切，颐指气使，你也得点头称是，笑脸相对。

在政府部门工作，未能切身体谅过乙方之心境，遇到此情此景，方能站在对方角度揣摩人之心思。

请客、送礼、吃饭是乙方拿下甲方惯用的方法，弄不好则适得其反。那年在江苏挂职锻炼，不谙商场规则，帮一销售煤炭企业给电厂供煤。甲方供销科科长年龄不大酒量不小，席间，乙方乘兴送上有名的地方瓷器——倒流壶和公道杯，甲方笑纳。本来公关已圆满，可我偏要给人家介绍公道杯的来历，说公道杯是宋徽宗给女儿出嫁时的礼品，此杯内有机关，盛水不可太满，满则漏光，一滴不剩，所以为人不可贪心，贪则无。讲完还很得意地现场演示一番。

第二天，售煤企业经理一脸沮丧，告诉我供煤合同告吹了。我问何因？经理说："人家退回了礼品，说电厂的存煤三年都烧不完。"

我想，一般规则，甲方能赴乙方之宴请，并欣然接受礼品，事情就基本搞定，为什么合同最终没有签成？我才恍然是我席间那番道义的演讲给弄砸了。看来作为乙方，不单要请客吃饭，还要唯唯诺诺做倾听状，若不懂规则，在席间义正言辞地讲道理，定是要坏事情的。

因为甲方利益多多，总有不厚道做人的，摆出甲方的姿态，吃喝拿要当大爷。时下项目吃紧，拿个项目出来忽悠人者有之，屁大点工程，八字还没一撇，硬把自己吹得逆了天，仿佛孙猴子的如意金箍棒往地上一杵便可以迎风长，连天都要戳个窟窿。于是乎，各路乙方精心装点，收拾得异香扑鼻，跟迎接三下江南的乾隆爷一般伺候着。没想到最后人家屁股一拍，还是打道回宫宠爱妃，晾下这几院冷宫无可奈何花落去。

乙方也分几等：一是常设宴，请不来客者为下等。所谓设宴容易请客难，此为初入道者，他们无事不请客；二是常设宴，常宾朋满座者为中等，所谓撒大网钓大鱼，他们深谙舍得之理论；三是不设宴，常有甲方拜访者为上等，所谓姜太公钓鱼愿者上钩，他们像码头帮主，手里活儿干不完，常分给穷兄弟。

乙方虽处劣势，但也有拉大旗的不地道人。没有实力，不练内功，钻营关系，借用资质，揽下活又干不了，表现在偷工减料、拖延工期，死皮赖脸，急死你没商量。

文章至此，不禁有些感喟。中国社会的经济发展到现在，虽说到处坑坑洼洼，但毕竟还是有一个不可逆转的方向，那就是诚信经商、良心为本的契约精神必将发挥着越来越重要的作用。真正着眼长远发展的企业，已逐渐懂得依靠哄骗对方而谋生，最后的结果只可能是把自己往邪路上引。真材实料，不虚不假，为人正直，才是从商之本。

从政多年，虽进步不大，但一直处于甲方之位，不习惯仰人鼻息，低声下气，若有颐指气使，目空一切，请乙方原谅。

发表于2012年6月《华商报》

胖也罢　瘦也罢

家里的电子秤又坏了，这已经是两年来坏的第三个了。

妻子早晚都要上去称一下体重，我也时不时上去称一下，电子秤的使用频率不亚于菜市场上的磅秤。

不知道从什么时候开始，妻子觉得自己胖了，又是节食，又是喝减肥茶，每天瞅着手机上的小米运动计步器，非要走够八千步以上。说来很奇怪，我们俩的体重都是六十公斤上下，按照身高和体重的比例，妻子偏胖一点，我却偏瘦很多。妻子看见电子秤上的数字低于六十公斤时，立马兴高采烈，笑眯眯的一脸喜气；高于六十公斤时，脸上瞬时晴转阴，看啥啥不顺。我，则相反。

我是属于那种把猪吃到肚子里也胖不起来的人。祖辈几代没有出过一个胖子，属于遗传"苗条型"。小时候，对胖瘦没有概念，看了电影《孙悟空三打白骨精》后，就买来孙悟空面具，拿根木棍，在家属院模仿孙悟空三打白骨精的动作，常常引来许多人围观。有一次母亲下班回家，看见院子里有一群人，就问干什么呢？有人告诉她："看耍猴呢。"母亲也凑上去看，只见我在人群中一手抡着棍子，一手挡在眉头，一只脚慢慢抬起，眼睛一眨一眨地作腾云驾雾状。围观者被我惟妙惟肖的表演，逗得前仰后合。就在我得意地表演之时，母亲两眼含着泪花，揪着我的耳朵把我拉出人群。到家后，母亲一把扯下我的面具，拿起"金箍棒"，在我屁股上噼里啪啦打了起来，边打竟然还呜呜地哭了起来。我一脸茫然，简直不知所措。母亲边哭边说："你长得瘦，人家把你当猴耍，是欺负你呢！以后不许学孙悟空。"我说："孙悟空是大英雄，不让我学，难道让我学猪八戒吗？"母亲说："对！就学猪八戒，猪八戒长得富态，你学学就长胖了。"后来我慢慢明白，母亲认为瘦是个严重缺陷，我本来就瘦，再扮个猴相，怎能不伤了当年青春靓丽、自尊心极强的母亲的心呢？可在上世纪六七十年代，国人中胖子并不多啊！为了不伤母亲的自尊心，从此我再也没有扮过孙悟空——不过也可能因此而扼杀了一个有表演天赋的艺术家，因为我的每次表演都能赢得大人们的热烈掌声。

后来长大了，我也感觉瘦是个缺陷，和胖人在一起，总感到低人一等，小人一圈。据说当下的美女能在锁骨上放一枚硬币就引以为豪了，我当年在锁骨上放个鸡蛋，走十里路也不会掉下来。在农村插队时，干活没力气，只能和妇女拿一样的工分。工分多少没关系，自尊心受到了极大的伤害。有一次拉着满满一架子车土下大坡时，由于力气小，扛不住车辕，被架子车从身上碾了过去，好几天都下不了炕。人瘦再穿上破烂不堪的衣服，怎么看都像逃荒的难民，严重影响着社会主义国家的形象。插队第二年，十九岁了，应征入伍体检时，担心体重不够，早上美美地吃了一碗羊肉泡，再喝了一碗羊肉汤，结果还是在体重这一关被刷了下来。

参加工作后，有人给我介绍对象，问有什么条件，我不假思索就说出了第一个条件：长得富态一点。结果阴差阳错，最终还是找了一个窈窕淑女，一问体重，还不如我，九十斤不到。结婚生孩子后，妻子开始变富态了，而且一天一个样，用她的话说，就像吹气球一样一样的。我看见高兴，母亲看见更高兴，说家里终于有个能撑门面的人了。

妻子的中年发福，似乎也给我带来了好运。那一年，市委组织部突然要提拔我上个台阶。考察组一到单位就贴出了考察公告，考察结束时，领导找我谈话，说考察结果整体不错，就是有一个问题需要核实。我问是什么问题？领导说："考察公告贴出后，有人举报你妻子怀了二胎，如果是，赶快采取措施，现在还来得及。"我听后哭笑不得，在强调计划生育是重要国策的年代，超生是要丢饭碗的，更别说提拔了。我知道是"发福"惹的祸，连忙进行一番解释，最终过了关。事后，我和妻子达成共识：该减肥了！

　　四十岁以后，我也开始发福了，不过再发也是"苗条族"。到医院体检，医生说我是健康长寿的体形；同事问我是如何保持体形的，我会煞有介事地说一番健康秘诀：如合理膳食，适量运动，调节心态，顺其自然之类。其实这些都是蒙人的，决定胖人、瘦人主要是基因的作用。胖人就是吸收消化功能好，喝凉水也长膘，瘦人则相反。现在生活条件好了，人很容易就胖起来。胖人硬要减肥，我觉得是被福烧的，把嘴管住就好了。

　　文章写完后我让妻子看，她看后说："你这是贬低别人，抬高自己哩。"我说："大千世界，有胖人，有瘦人，胖也罢，瘦也罢，只要健康平安、携手一生就是幸福。"

写于2015年8月

好书记杨尚坤

诗人臧克家在纪念鲁迅时写过一首著名的诗《有的人》,诗中写道:"有的人活着,他已经死了,有的人死了,他还活着。"杨尚坤同志就是一位虽死犹生的好领导、好同志。

十年前的5月4日,曾任耀县县委书记的杨尚坤同志因病离开了我们。他的人格、品德、作风、政绩,至今在耀州区乃至铜川市他所工作生活过的地区和部门被人们赞誉传颂,可谓"政声人去后,民意闲谈中"。有人夸他作风务实,吃苦耐劳,关心群众;有人赞他勤思好学,实事求是,政绩显著。在我脑海中印象较深的还是他为人正直、廉洁奉公的精神,有几件小事,多年不忘,自然也是他人格魅力的印证。

1990年,在我担任耀县县委组织部部长期间,有机会接触时任县委书记的杨尚坤同志,他给我的最深印象是简朴。冬天去他家，只见他家火炉的铁烟筒用报纸糊了一道又一道；夏天去他家，他手摇蒲扇汗流浃背地看书、读报。

在工作上，尚坤同志为人耿直，任人唯贤，特别反感阿谀奉承的势利小人。用人选人以德为先，每一次提拔干部前，他都让我按程序认真考察，并多听群众的意见，多听老干部的意见。他说看人要看他的"三心"：一是看对群众有没有爱心；二是看对父母有没有孝心；三是看对老干部，特别是离退休老干部有没有良心，这三心少一心都不能用。

在生活上，尚坤同志对自己要求严格。1991年他患了牙病，当时县医院医疗条件有限，虽然经过多次治疗，但效果不佳，不间断的疼痛，折磨得他彻夜难眠。后来，经人介绍，换为民间中医治疗，中医开了几服中药，让他去药店购买。五服药二百六十元，药店自然给他开了发票，让他报销。可当他得知医保规定不准报销外购药物后，便把发票交给老伴，让其列入家庭支出，并叮嘱不准在任何单位报销。老伴将这张发票至今还完好地保存着。

他一生没穿过西装，却有一张穿西装系领带的照片，这张照片就是他的遗像。后来我很好奇地问了他老伴这张照片的来历。原来在他任市政协副主席期间，省上组织了一次赴日本考察活动，他是考察团团员之一，老伴兴高采烈地陪他上街做了一套西装，拍了办护照用的照片。当出国手续办理妥当，准备出发时，省上又因故将这次考察活动取消了，于是他就有了这张为出国而拍摄的西装照。后来有几次出国的机会，他又因工作忙、经费紧而主动放弃了。身为市级领导的他，一生没有出过国门，在常人眼中是一种遗憾，但这张穿西装的遗像却给人们留下了许多思考。

他一生经历坎坷，好学善思，凭自身的努力，一步步走上了领导岗位。退休后他用三句话总结了自己的成长经历："民族精神、思想道德来自优秀文化的启迪；无私奉献、艰苦奋斗来自毛泽东思想的教育；政治解放、人尽其能得益于邓小平理论。"退休在家，他坚持看新闻，读报纸，练习书法。1997年我受组织安排去江苏徐州挂职学习，他让我搜集些外地报纸的刊头题字，他说凡能给报刊题写刊头的，多是有名的书法家，而且是认真去写的，练习写字可借鉴。于是我将搜集报刊刊头作为挂职期间的一项重要工作，每次回来都给他带去许多。他把那些刊头认真剪贴在旧杂志上，几年下来竟收集了好几本。

生前他写过一副对联：忠厚一生嫌善少，平安二字值钱多。前一句是对他清平忠厚一生的写照，后一句是对家人和同事的祝愿。子女们将这副对联挂在了他的遗像两旁，无不让人肃然起敬。他堂堂正正地走完了自己六十三年的生命旅程，给我们留下了宝贵的精神财富。

他的精神永远活在百姓心中。

发表于2009年5月《铜川日报》

安黎的真善美

12月19日，安黎的小说《时间的面孔》研讨会在西安召开，我应邀参加。主持人特意介绍了我刚刚兼任的新职务——陕西省评论家协会副主席。既是兼任，就不是主业，也没有真功夫，坐在专家学者们面前总感底气不足。陈忠实、贾平凹、肖云儒、李星等老师先后发了言，他们都很专业地、高度地评价了小说。陈忠实说他"还没放开讲"，就讲了半个小时；有外地学者说："《时间的面孔》是可以放入行囊的书，随时翻看都会有所收获。"还有许多专家名流争先恐后发言，以至于会议延长到了12点半。我参加过多次类似的研讨会，这种场面还是罕见的，说明《时间的面孔》是成功的。说实话，我在会前只读了一半《时间的面孔》，要评论这本书是很勉强的。但如果主持人点名让我发言或时间充裕我必须发言时，那就只能说说安黎这个人了，因为我对他还是比较了解的。于是我很快打了个腹稿，理出了个头绪。最终因名家纷纷有话要说，主持人也没顾上点我的名，腹稿只好埋在肚里了。

认识安黎是二十年前的事，那年他从学校调到了县委宣传部工作，当时我是县委组织部部长。我知道他的调动是时任县委书记亲自点名的。一个没有任何背景的普通教师能引起县委书记的重视，这是不多见的。宣传部是县委的一个重要部门，是多少干部向往的地方，无疑这是一个很好的通往仕途的平台，只需埋头苦干，前途金光灿灿。可他到宣传部工作不到一年，就找到我要求调动工作——希望到文化局下属的事业单位文化馆的文化室去工作。这个要求令我不解，自我当组织部长以来，见到的跑官要官者比比皆是，要求由企业到事业单位，由事业单位到行政部门的也不乏其人。但要求从县委大院调到不起眼的事业单位工作，我还是第一次遇到，况且到文化馆当干事是没有级别的。怎么办？我知道安黎在县委书记心中有位置，于是我请示了书记。书记说："安黎是个有个性的人，他的选择自有他的道理，由他去吧。"后来安黎就离开了县委大院，又后来他离开了耀县，再后来就成了现在的安黎。二十年来，安黎一直在文坛上辛勤耕耘，成就不菲，名气也越来越大，但他在我心目中还是原来的安黎：黝黑的肤色，深邃的眼神，朴素的衣着，木讷的言语……总之，他在我心目中是个具有"真善美"人格的人。

首先说他的真。安黎出生于耀州区一个贫苦农民的家庭，自幼父母双亡，姊妹兄弟几个相依为命，吃过百家饭，穿过百家衣。苦难的童年使他始终不忘养育他的乡亲，目光总是向下看。根在乡土、脚踏实地的人岂能不真实？他骨子里有淳朴的亲民思想，有关中愣娃的固有特征：直爽、豪气、真诚、不圆滑、不世故，写文和做人都是如此。他的作品《丑脚丫踩过乡间路》《走进人的丛林》《痉挛》《丑陋的牙齿》《小人物》《我是麻子村村民》以及《时间的面孔》都反映出他的直爽真诚。他疾恶如仇，敢于直言，对那些胸无点墨、官气十足的人嗤之以鼻；对那些一阔脸就变、满身铜臭气的人不屑一顾。凡读过他作品的人都会有同感。

再说他的善。如果说他是教师，肯定有人会误认为他是体育教师。他身材魁梧却相貌和善，没有杀鸡宰羊的胆量；他性格倔强，不爱求人，却爱帮助人，办不了事又得罪人。在他西安的家中常常住有村上看病的乡亲和来西安上学的寄宿学生；他工资不高，但却常常慷慨解囊，每月总是入不敷出；村上修路建校的事他也管，为修路建校就找过我三次，我也怕求人，说修路可帮忙（因我在交通局工作），建校我管不了。在谈到幸福观时，我俩的观点竟然如出一辙，他说幸福是帮助别人克服困难后的快感，我说幸福是克服困难取得成功的瞬间。

最后说他的美。他外表粗犷，但做人的素养却极其高，言行举止很文雅，从不高声说话，从不抢着说话，从不打断别人的说话，文章写得也很美。我曾写过一篇散文叫《丑陋的虱子》，他告诉我说:"你的文章通篇都是虱子,让人读了浑身发痒,缺乏美感。"我说:"你的小说里不也写丑陋的东西么?你还常常辛辣地讽刺社会的丑恶现象。"他说:"小说里的丑陋是为了衬托美的需要,向往美好,追求真善美是作者的责任。城市需要美容师,也需要清洁工,我就是扛铁锹、拿扫帚的清洁工。"的确,他是一个有良知有责任的作者。

如果说这次研讨会是安黎写作道路上的一个里程碑,那么他前面的道路还很长很长,希望他永葆真善美的心灵,鞭挞假丑恶的行径,做一个有良知、有责任的社会观察者和记录者,写出更多更好的作品。这是我的期待,也是广大读者的期待。

写于2010年12月

向老一辈文化人致敬

　　12月29日,陕西笔耕组成立三十周年纪念会在雍村饭店召开。虽然年底琐事多,烦事多,但身为省评论家协会副主席的我,还是参加了省评论家协会召开的纪念会。因为我这个省评论家协会的副主席不能只挂个名。会议由省评协大胡子主席李震教授主持,省文联、省作协主要领导以及陈忠实、贾平凹、叶广芩、肖云儒、李星、畅广元、费秉勋、孙豹隐等著名作家、评论家参加了会议。

　　这次会上,我才知道20世纪80年代初,我省有个笔耕组。看着白发苍苍的老艺术家们,我心存敬意。人有了一定的经历,熬到了一定的年龄,说话就不大顾忌,特别是无职无权的文化人。在听惯了大话套话的今天,他们的发言,犹如沙漠里涌出的一泓清泉,荒原上突现的一片绿洲,使我感到了清心和痛快。陈忠实说:"评论家和作家是文学的两翼,我是被蒙万夫老师骂出来的,他曾经说我的文章像剔骨的肉,提起来一串子,放下一摊子。我开始不服,但还是注意了,后来文章就有了主题有了思想。我常去他家做客,还能混上一碗面。"贾平凹接着说:"我的作品评论的人很多,凡是批评提意见的我都能记住,因为他们敢说实话,要说我有一些成就就得益于他们的关注。"女作家叶广芩说:"我写作是为了挣稿费买新衣服,几篇小说发表后,就有人开始砸洋炮。记得肖云儒老师说我的一篇文章是在卖弄,不实在,我非常不高兴,但再写作的时候我就注意了。我们是幸运的一代作家,少走很多弯路,因为那时候能听到真话。"肖云儒接过话茬说:"当初成立笔耕组,是几个年轻人发起的(当然现在都成了老家伙,就我们这一排),搞文学也搞评论,评文学也评时政(从国外到国内,从中常委到省市级,有啥说啥,啥都敢说),后来以文学评论为主。大家热情很高,很快在全国有了影响,《人民日报》《光明日报》《红旗》杂志都上过文章。敢说真话是笔耕组的一大特点,好在作家们和社会都能认同。"老评论家畅广元说:"回顾三十年,可贵的是一口气,作家、评论家就活一口气,一种文化人的骨气,不讲真话还有什么骨气?我们能活着就靠这口气撑着。"六十多岁的评论家费秉勋说:"我给胡采提过意见,讨厌他在别人发完言后要总结概括几句,重复别人的话浪费时间,他不改我还提,最后改了,我们关系最好。"原省评论家协会主席孙豹隐说:"没有好的评论家就没有好的作家，评论家既提批评意见又维护作家的权益，亲人之间才能这样，当面鼓对面锣地批评比稀泥抹光墙好，这是老陕的性格，不糊弄人。"12点多了，发言者争抢话筒，气氛热烈，大胡子教授只好让会议结束。

第二天，省作协和评协给几名笔耕组的老成员发了荣誉证书。看着他们沧桑的面容和深邃的目光，我心生敬意。正是有他们，才使陕西文坛插上了双翼，从而飞得更高更远，希望他们的骨气、精神一代一代传承下去。

写于2011年12月31日

"驴友"感悟

城里人在钢筋丛林待久了，节假日就想往山里跑，以逃避城市的喧嚣。近几年，随着交通的便利，越来越多的西安人喜欢去秦岭爬山。

受朋友之约我也加入"驴友"团队。先赶时髦买了爬山的行头，然后跟着人家开始体验驴友的生活。刚开始，怕体力跟不上，隔几周跟着人家去一次，放逐一下被钢筋水泥禁锢的思想。爬了几趟山，就体味出爬山的好处：空气清新，洗肠洗肺；极目远眺，清心明目。山中景致更是美不胜收，唐代诗人王维隐居秦岭辋川时就赋诗道："寒山转苍翠，秋水日潺湲。倚杖柴门外，临风听暮蝉。牛羊下落日，墟里上孤烟……"诗人笔下原生态的美景，不但净化了双眼，而且抚慰了浮躁的心灵。

当上"驴友"，我也就佩服了商家的眼光，随便一条街上就可以看见好几家户外用品商店，适应各种人群的服饰鞋帽、攀岩用具、野炊炉灶、露宿帐篷等应有尽有，而且顾客盈门，生意火爆。

通常周六、周日上山的人较多，多数结伴而行，穿戴各异，花花绿绿，共同点是每人都拄着棍子。山里农民戏称道："远看像逃难的，近看像要饭的，仔细一看是吃饱没事干的。"不过山里人很欢迎他们的到来，为他们提供农家饭，推销农产品，挣点酱醋钱。上山的人多了，当地政府就围绕旅游做文章，现在秦岭山脉有名的七十二峪沟口都通有公路。据悉，西安市政府"十二五"期间还将沿秦岭修一条快速干线。

上山的人多了，也引起新闻部门的关注，当然也不乏炒作新闻。近期凤凰网、《华商报》刊登的秦岭已有五千多隐居者就属炒作。特别是给他们的生活罩上神秘色彩，并进行揭秘就过分了。许多文章牵强附会，还连篇累牍，虽然无知，但是却存在严重的误导。许多年轻人出于好奇，结伴探秘，结果不是无功而返，就是遇险失踪。其实过隐居生活者自古有之，无外乎四种人：一是儒释道的虔诚信徒，他们多数隐居寺院；二是智商较高、野心勃勃，却怀才不遇、看破红尘的文化人，如诸葛亮之流，这种人很少，喜独居于人烟稀少处（小说中是这样描写的）；三是物质富足、精神空虚的有钱人，他们多数隐居于名山寺院里，待几天或者个把月就耐不住寂寞下山了；四是犯罪逃匿者，隐居处所多变，行踪诡秘，有寻机作案的可能。驴友们上山探秘一下儒释道文化是无可非议的，若想寻找高人，大可不必，很可能遇上罪犯，没有功夫或不是公安人员，最好不要冒险。去年公安"追逃拉网"行动时，在终南山一寺院里抓获了一名潜逃二十年的杀人犯。该犯伪装成僧人，不但"放下屠刀，立地成佛"，还当上了市政协委员，最终还是没有逃脱人民的法网。

宗教场所是人们寄托灵魂的地方，是有共同信仰的人们聚集的场所。我曾不明白为什么外国的教堂都设立在闹市，而中国的寺庙都建在人烟稀少的大山里？同驴友们爬了几次山竟体味出古人的聪明之处。寺庙建在大山深处，伴着悠悠钟声，袅袅炊烟，即有神秘感又有庄严感，还不占用耕地良田。你要朝拜必须跋山涉水，费尽千辛万苦方能到达，不但体现你是否虔诚，而且磨炼意志。外国人进教堂多为忏悔而祷告，中国人拜寺庙多为祈福而许愿。似乎国人的功利心要多些：发财要拜佛，免灾要拜佛，当官要拜佛，生男生女也要拜佛。岂不知成功与失败的概率总是百分之五十。想生男或生女者，一万人拜佛必有五千人如愿，当然也就有五千人还愿，寺庙自然布施丰厚，香火不断。其实，中国的寺庙文化与中国的人情文化是一致的，办事就得求人，求人就得上贡，潜规则成了生活准则；外国教堂求的是心灵的解脱，灵魂的安慰，经费来源于慈善机构捐赠，教堂设在城市，方便老弱病残祈祷。看来宗教行业也有取长补短和规范管理的必要。

山爬多了，也悟出了许多人生道理。人的一生何尝不像是爬山，有高峰、有低谷，有峰回路转，不管怎样，都要热爱生活，认真对待生命中每一段路。低谷必有静幽的清泉，高峰便有无限风光，只要跋涉就有快乐，只要攀登就有收获。

另外，爬山的人多了，也从一个侧面反映出人们的生活状态，在解决温饱后更注重精神追求和健康生活。作为一名准驴友，建议有关部门应该加强对此项活动的关注和引导，从旅游建设的角度加大投资，保护自然景观，美化人文景观，增加安保设施，既给市民提供了方便又增加了旅游收入，达到双赢。

写于2012年3月1日

这个婚礼很特别

每年都要参加多个婚礼,今天参加了一个很有特色的婚礼,新娘的父亲是我在政法系统工作时的朋友。近日琐事较多,本想随个礼了事,但在朋友的再三邀请下还是赴约了。婚礼在西安的一个酒店举行,简约明快的形式,幽默热烈的气氛,别具特色的风格给客人们留下了深刻的印象。

不请婚庆公司

我们这拨人的孩子,大多都是独生子女,朋友也不例外,女儿自幼是掌上明珠,大学毕业后在北京工作。女婿在北京一家外企上班,父母是著名的军医,家庭条件绝对小康以上。但婚礼现场布置却简洁大方,没有花篮,没有地毯,没有请婚庆公司设计策划，没有专业的名嘴主持。背景墙上设计了一对亲吻的男女卡通图案，风趣幽默，点明主题。来宾在轻松喜庆的音乐声中嗑瓜子、吃喜糖，等待着婚礼的开始。

新人当主持人

"我的婚姻我做主！"一对新人异口同声地走上了台。"帅""漂亮""专业"……台下一片赞美声。新郎新娘向大家问好并自我介绍后，银幕上播出了事先准备的视频。当两个婴儿出现在银幕时，新娘介绍说："这是我们俩，同年不同月，他比我大四个月。"新郎接着说："我们一起上的幼儿园，当年我们就有自己的专车，不过是三轮的。"话音未落，台下笑声一片，银幕上出现了一对骑童车的小朋友。接着他们图文并茂地介绍了自己成长、工作、恋爱的经历。证婚人在他们的邀请下走上台来，幽默地说："我代表民政部宣布，你们的婚姻是合法的！愿你们做到'五心'：夫妻之间有爱心，对待父母有孝心，对待朋友有诚心，工作起来有恒心，早生贵子有信心。"台下报以热烈的掌声。

给父母送礼物

通常婚礼上，都是父母给子女送结婚礼物，可他们却把父母请上台给父母送礼物。女儿给爸爸一瓶香槟酒，祝爸爸快乐；送妈妈一幅年轻时的肖像油画，祝妈妈永远年轻。儿子给爸爸一个脖枕，送妈妈一个旅行包，希望他们外出旅游方便舒适。送礼的同时，母女、父子相互拥抱。新娘拥抱母亲时，悄悄地说了声："我爱你！"母亲顿时泪如泉涌，紧紧抱住女儿不肯撒手。霎时，一幅难以割舍的"母女情"画面定格了……此情此景即刻感染了来宾，女宾们被惹得纷纷抹泪。小两口也互赠了礼品，不是通常的钻戒之类，而是很有意义的普通纪念品。新郎给新娘一个迷你孔明灯，告诉新娘："我对你的祝福全在里面。"新娘给新郎一只帆船模型，告诉新郎："你要乘风破浪，勇往直前，但一定要听船长的话哟。"新郎点头称是，并说："一定按船长的指示办！"引来台下一片笑声。

简约省时省事

婚礼从开始到结束最多半小时，没有领导讲话、来宾讲话、父母讲话等。其实诸多的讲话大多是重复了几千年的老话、套话。小两口的主持尽显才华，好像不是他们结婚，而是在主持一台文艺演出，给人留下了紧凑、幽默、感人、愉快、简约的印象。

其实婚礼简单也罢，复杂也罢；勤俭也罢，奢华也罢；老式也罢，新式也罢；中式也罢，西式也罢；山西煤老板坐飞机花九千万嫁女也罢，长安农民骑自行车迎娶新娘也罢，形式并不重要，关键要量力而行，结合实际，办出特色，有新意、有创意，最终的目的其实还是那句老话："执子之手，与子偕老！"也正如哲人巴法利·尼克斯所言："婚姻是一本书，第一章写的是诗篇，而其余则是平淡的散文。"恋爱结婚充满激情，平平淡淡过日子才是正文。

愿天下有情人终成眷属，愿天下已婚人相伴终生！

写于2012年3月30日

夺命的不仅是客车

近日，接连发生的几起重大交通事故，深深刺痛着公众的神经。延安境内客车与罐车追尾，燃烧后致三十六人死亡；榆林境内商务车与货车追尾，造成九人死亡；四川广安段面包车与货车相撞，造成十二人死亡……还有接二连三报道的煤矿事故。这到底是怎么了？灾难一个接着一个，地震、海啸不可抗拒，事故却是可以避免的呀！

人们为消失的鲜活生命扼腕，每一个生命都有精彩的过去和美好的未来。

于是从中央到地方层层召开紧急会议，通报事故，传达领导批示，安排部署集中整顿工作。有的安排一个月，有的安排半年，机关干部纷纷深入下去。可就在紧锣密鼓的动员检查中，事故还是继续发生。

别问
时间都去哪儿了

  国务院延安"8·26"交通事故调查组组长、国家安监总局副局长王德学说:"这些年仅特别重大事故已经发生了一百五十起左右,每一起事故后都提出了有针对性的防范措施建议,但没有人好好重视,好好落实,下次发生的事故还是这些原因,下次提的建议还是这些话。"什么叫恶性循环?这恐怕就是吧。

  有些地方层层开会,领导很辛苦,开完会长喘一口气,似乎责任就落实了,岂不知国人早已习惯了以会议落实会议的"优良传统"。讲话、提要求无非官场套话三部曲:思想上高度重视,措施上加大力度,行动上狠抓落实。这些群众都清楚。集中检查一般的情景是:车多、人多、场面大。如果来个大人物,记者多,录像机多,真正要落实的一线岗位,就成了忙接待,忙汇报,忙应酬了。怪不得群众说:"层层开会是推卸责任,集中整顿是走走过场。"

  没有解决不了的问题,防范事故也是如此。在每一次遗憾和反思之后,在接踵而来的一个个会议落实安排之后,在抽调更多的人去抓安全抓落实之后,我们能不能从珍视生命入手,思安全之根源,戒浮躁之情绪,定规范之制度,把每个生命的安危倾注于内心,把每个鲜活的生命当作自己的家人,这样,安全既在表面,更在人心深处。

  每个事故的起源,究其根本,还在于利益的驱动,所以强制性的安全规范必不可少。德国客车规定两小时休息一次,每隔五十公里就设立一个休息处,有些很简陋,只设一个车道、一个厕所。如果不休息,汽车就自动熄火了。这种规范怎么可能出现疲劳驾驶呢？又如德国的门把手，一律是"一"字横柄，我国的则五花八门，菱形的，圆形的……故障率很高，因为用力不匀，而"一"字横柄，往下按，轻轻推，门豁然开启。在许多发达国家，凡事都有规范，规范的背后是投入的增加。所以防患于未然的关键在于将对人本的关怀放置首位，而不是利润的最大化。

如果说规范是硬性指标的话，对安全的管理就更加体现人的主观作用。搞突击、分时段、分季度地抓安全，就像罗盘上的表格一样，到了一个点挥动一下，这样惯性所为，常常是走过场而已。安全是什么？就是保持生命的常态，就像杂技演员转盘子，一溜十二个盘子一起转，前面的快停了，跑过来再转，永不停歇，才能表演成功。

安全事故有必然性，也有偶然性。主管安全的部门和主管安全的人，有责任保证一方平安。但事实是，有些地方的责任追究制，最终不过大事化小，小事化了。如果没法交代，免职后，过不了多久又会异地做官或平级安排。如果从上到下层层追究责任，就像层层开会抓落实一样，那情形就会大不一样，没有人会拿安全当儿戏了。

生命之事，唯世间最大也。为官者，清正廉洁可以称之为好官，而若能把人之生命系于心底，常怀悲天悯人之情怀，才算官之仁者也。

发表于2012年9月《陕西交通报》

冲动是魔鬼

周六没打算出门，还是接到了在公安局工作的弟弟的电话："街上反日游行，有人专砸日本车，局面已经失控，不要出门！"

我心里暗暗紧张，省公路局的企业有两个是经销中日合资车的，光4S店在西安就有四个，安置就业人员二百多人。游行本是心中诉求的发泄，而不是暴力的宣泄，何况砸的都是中国产、中国销、中国人掏钱的中国财产，这怎么行！于是我开了辆韩国车，急忙赶到高新区的丰田车销售点。我第一眼看到的是停放在院子里的四辆被砸得坑坑洼洼的日系车，负责人告诉我，这四辆车是刚拖来的，新车已经封存，暂停营业，加强了值班巡逻。

周一上班，听说游行中砸了百余辆车，省人大的院子也有人闯进去砸了十余辆车。砸车的人被抓后，一查全是社会闲杂不法人员，没有一个学生和公职人员。

后来听说成都、郑州、青岛、长沙一些不法人员，打着爱国主义旗帜，也爆发了游行，并都有以抵制日货为由的打砸抢事件发生，对此我甚是感慨。

人是要有血性的，人们在正常的舒适的生活中会慢慢变得麻木，对事物漠不关心，心中的激情会慢慢磨灭，有时需要这种激情四射的呐喊、高呼，调动心中那一份激情。但我不赞成不理智的做法，爱国主义是中华民族的光荣传统，但不是你发泄私愤，搞打砸抢违法事情的借口。我若是日本人，便希望这种砸车、砸店的中国人越多越好，因为这样的民族不足畏惧，仍然是砧板上的肉。

我们抵制日货，并不代表要把生活中所有的日货都清除。那些已经买了的，在进行了交易之后就成了国民的私有产品，就可以算是国货！砸了，损失的还是国民，对于这些跟日本已经没有关系（或者说人家已经从中谋取了利益），我们去砸它只是在损害自己的国家和国民的利益！我敢肯定，那些打砸日本产品的人回家后绝不会打砸自家的日系产品，哪怕是一块电子表。

国内一些人的打砸行为，被海外媒体（自然包括日本在内）批评和渲染为"中国是一个暴力的国家""中国不是一个法制国家""中国离世界第二经济大国的地位还相差很远"等，听起来很刺耳，也很不舒服，但是，人家就是这样看待我们的。混杂在游行队伍中的"社会闲杂人员"，甚至是有前科的人，国际社会并没有把这些人分得那么细，因为好坏都是中国人。

据说日本某地发生地震后，我国有数以万计的国民点"赞"，有的还留言"热烈庆祝日本地震！"和我国政府派出救援队进行救援的行为形成反差，和日本对待我国地震的态度大相径庭。我国汶川地震时，日本TBS电视台也在第一时间报道了地震情况，日本政府和民间组织派出了救援队进行救援，并捐赠了数额可观的钱财物。有个救护队员因没有及时救出一名妇女而长跪不起的镜头，多次出现在央视新闻节目中。我们一定要把日本军国主义和普通日本民众区分开来，一定要把日本少数右翼分子和爱好和平的日本人民区分开来。日本在二战时期的滔天罪行不可饶恕，历史真相不可否定，但时代在发展，人类在进步，和平稳定，繁荣发展，文明和谐必将成为人类的共识。

钓鱼岛的主权毋容置疑，是二战遗留的问题，相信国家会有解决的办法。要将一个被别人实际控制的岛屿重新夺回自己的手中，必须要有国际上的支持者和同情者，同时必须要有谋略，局部战争也有可能发生，但绝不是靠在国内打砸抢能解决问题的。

骚乱暴行除了国人受损外，只能告诉所有在中国投资或者准备在中国投资的国家，在中国投资的风险巨大。不仅仅是日本，今天你抵制日货，砸了日货、日企，明天你也会砸了美资、韩资、欧资企业。因为"八国联军"时期，中国人民也曾处在水深火热中。这样谁还会来中国投资？我们是不是准备退回到闭关锁国的年代？骚乱对中国经济的影响是长期而深远的，经济下行必成定局。

今天的稳定发展局面来之不易，号称"礼仪闻天下，文明达四海"的泱泱大国、大省、大都市，不要被不法之徒钻了空子，干亲者痛仇者快的事情。若法律被践踏，则爱国无意义。

理智是灵魂，法治是根本，冲动是魔鬼！

发表于2012年9月《陕西交通报》

婚礼上的箴言

婚礼上，省公路局一位领导一改通常祝福八股调，给晚辈说了这样几句话："做好人，好好做人，把好人做好；做好事，好好做事，把好事做好；过好日子，好好过日子，把好日子过好。"赢得来宾一片掌声。乍一听，好似绕口令，细细品味，通俗中蕴含着深刻，质朴中不乏哲理。

做好人是目标，好好做人是过程，把好人做好是目的。这是一个递进的人生哲理。做好人是做人的底线，善良、温和，做人有底线，这是好人的基础。但一个好人却未必能掂量起这个"好"字。明万历年间海瑞是好人，一生刚正不阿，与官僚集团生死相搏。但他过于张扬自我的清正廉洁的人格魅力，为老百姓办的实事并不多，最终的结果却是只留下清正的名声。明代政治家张居正立志改革，为国家和百姓办了许多好事实事，推动了国家的发展和进步,但晚年的生活骄奢、专权,两个儿子分别中状元、榜眼,为世人非议。时下常听人说"做好人难",一些人在当职员时,积极上进,在领导和群众眼里都是好人,一旦进步,掌握了一定权力,求的人多了,私欲开始膨胀,道德天平就发生了倾斜。他们常常以所谓潜规则、世风使然为由,心安理得地贪赃枉法,由好人变成了坏人。这样的人就是没有把好人做好。把好人做好,其中内在的力量支撑是良心,确切地说是有"敢于担当"的责任心。他们愿意为社会尽责,有美好的愿望,想把这个社会变得更好,不去计较个人名声,只求问心无愧,这是一种做人的境界,远非一般意义的"好人"所能包含。

"人好做,事难为。"好人是自我的修养,而"好事"却伴随着各种的人生百态、人生选择,这是一生人格的修炼。好好做事,除了热爱生活、认真工作外,要积极进取,关爱他人,抱着爱别人就是爱自己的想法,真心实意地去爱自己的家人、朋友、同事,热心地去帮助那些需要帮助的人。做事情要有明确目标,并按照这个目标努力去做,不可半途而废。凡成功的人,看到的是困难过后的希望,坎坷后面的坦途;失败的人眼里只有困难,看不见希望,行动犹豫徘徊,裹足不前。好好做事,但未必能把事情做好,这是做事的智慧和做事的哲学了。修路架桥无疑是做好事,但不重视过程管理,可能就要出现质量问题或安全问题,如果遇到利欲熏心者偷工减料,还可能造成豆腐渣工程。因钓鱼岛事件反日游行动机也是好的,但被歹人利用,砸同胞的车,毁坏公共财产就把好事变成了坏事。访贫问苦是领导的专利，无疑是好事，但若以救世主的面目出现，从信封里掏出几百元，递给贫困人，贫困人不停地点头感谢领导。上了电视，老百姓会感到很可笑，谁都知道那钱是公家的，领导走后可怜人依然可怜。蜜蜂勤劳敬业无可非议，每个员工都应如此。但每个领导都如此，员工就遭殃了，他们不干蜂王的事，每天"飞来飞去"，越俎代庖，事必躬亲，抑制了员工的主动性和创造性，不懂得领导的核心工作不是调动自己的工作积极性，而是调动他人的工作积极性，最终自己累得吐了血，还落个领导无方、独断专行的坏名声。所以，只有目标明确，坚定信心，准确定位，方法得当才能把好事做好。

人生在世，为人也罢，做事也罢，最终都是为了更好地活着。老辈人常讲："平平安安，把日子过好。"这是最质朴的一种人生态度。孔子在《论语》里谈到过日子时提倡"志于道，据于德，依于仁，游于艺"，意思是第一要懂得道理，不懂道理，是不能过好日子的；第二要有德行修养，坏脾气，心胸狭窄，道德沦丧的，也是不可能过好日子的；第三是人不能离开群体独居，人与人之间的关系是靠仁爱之心维系的，单家独居是不会过好日子的；第四点的"艺"其实就是知识和才华，要多才多艺，这样的日子才可以称得上是多姿多彩的日子。四点里边并没有提"钱"这个字眼，所以说人生最重要的还是一个精神生活。有钱人的日子未必好过，而没钱的人只要过得堂堂正正，懂得珍惜生活,未必就会不快乐。民政部门有个统计,国内离婚率由2005年的11.3%增长到2012年的22.3%,并呈现出年轻化的特点,其中"八〇后"占70%以上。这些"八〇后"多为独生子女,生活基本无忧,却不能过好日子。我们只见过有钱人经常吵闹着要离婚的,而没钱人忙着挣钱过日子,更懂得珍惜夫妻感情,很少有闹离婚的。过好日子的主体是夫妻,怎样才算好夫妻?有人说是"年轻时愿意陪男人过苦日子的女人,年长时愿意陪原配过好日子的男人",其实这个标准并不算高。好日子不好过,这是从前没有想到的,因为什么叫作好日子,很难界定。温饱不愁了,还有山珍海味呢,别人能够吃到,我不能够吃到,就觉得自己的日子不好。你刚有了住房,那边竖起了别墅;公共汽车不拥挤了,邻居却买回了豪华轿车;你开始吃肉了,时尚标榜的却是吃野菜;你的工资提高了,有人一年能赚成百万上千万。因此,我们的耳朵里常听到的是一片怨声,所谓"端上碗吃肉,放下碗骂娘"。富裕日子弹性太大,物质太多,信息太多,诱惑太多,个人的选择却比穷日子还要少,不是你想要什么就有什么的。无知之辈突然成了大款,不知道赚钱何用,吃喝挥霍外,包二奶、三奶,花钱买车子、买房子、生孩子,摆不平关系动刀子,官司不断、烦恼不断。而在穷日子里,一个人发自肺腑的要求就是吃饱肚子。穷日子固然难过,但容易满足。穷日子难过的是肚子,富日子难过的是心情。心情好不起来,吃了什么都白吃。所以,富日子不等于好日子。好日子不仅仅是物质的,更是精神的。好日子是皮囊，需得人为它填充灵魂。这灵魂哪里来？读书得来，修养得来，勤奋得来，健康得来。有谚语说"多病的皇帝不如健康的乞丐"，健康的身体是个一，其他是一后面的零。看来，心情好、身体好才是衡量好日子的标准。

"做好人，做好事，过好日子"，既是这位领导对晚辈的希望和嘱托，也是其生活经验的积累和总结。对此仁者见仁，智者见智，而婚礼上热烈的掌声说明此话道出了大家的心声。

发表于2013年3月《教师报》

安民走得很仓促

刚从外地出差回来,我要好的朋友安民的哥哥打来电话,说安民突发急症去世了。我惊愕得半晌无语。

安民,全名叫丁安民,出生在一个条件优越的军人家庭,和我高中时同班,插队时同组,后来当兵、工作,我们一直没有间断联系。上个月我们还在一起吃饭聊天。他的匆匆离去,比任何一个离我而去的熟人都让我纠结难过,一连几个晚上我都梦见了他。我们在一起时的点点滴滴,总是挥之不去。

同学安民

在耀县中学高中一年级时,我和安民是同班同学。他个子较高,坐在后排,时常穿一身旧军装,白净标准的国字脸上,长着两个女孩子才有的酒窝，好像永远在微笑。眼睛有点儿近视，看人时总是要眯一下。他不善言谈，但在课堂上，当老师提问而没有一个人能回答出正确答案时，他总是能慢吞吞地圆满地回答出来。

他不偏科，数理化绝对名列前茅，语文也不错，他写的作文常常被当作范文在班上传阅。语文老师评价说："丁安民同学是我教过的最好的学生（没有之一），他有当作家的天赋。"

他字写得漂亮、规整，也喜欢画画，班里的黑板报理所当然由他负责。学校组织优秀黑板报评比时，我们班毫无悬念地拿到第一。

那年月不讲"靓女帅哥"，按当下的标准，他绝对属于"高富帅"型的。班上的女生上课时总喜欢往后看，可他总是心无旁骛，全神贯注地听讲或做作业。帅气的他，撩动了多少女生的心，他全然不知。同学们对他的印象是聪明、好学、谦虚，还有点儿神秘。那年选班干部，安民得票最多，按理应该当班长，但班主任老师说他不善言谈，让他当了学习委员；我票数不高，老师说我发言踊跃，让我当了班长。那年月的班长和学习好坏没有关系，主要任务是出早操时叫队，上下课喊起立坐下而已。

高中毕业了，我们的出路很简单：插队。我们俩被分到了同一个知青组。

知青安民

我们插队的地方在耀县石柱公社故现村，现在叫耀州区石柱乡石柱塬村。

到村上后,我们要自己挑水,自己做饭,自己洗衣服。生产劳动强度非常大。几天后,我发现安民适应农村生活的能力极差,平常不但沉默寡言,而且和当地农民合不来。他经常把穿脏的衣服攒起来,拿回几十里外的县城家里让母亲洗,同学们开始轻视他了,农民们也说"这娃有点儿肉"。从此,他的话越来越少了。我知道他家庭条件比较优越,从小在部队大院生活,在家又排行老小,所以自理能力较差。我是知青组长,小时候因为父母被关进了"牛棚","文革"中五年在农村的老家生活,对农村不陌生,适应环境能力较强。于是我主动帮助安民适应新的环境,吃住、劳动几乎形影不离,慢慢地我们就成了最要好的朋友,以至于他对我有了一定的依赖性。我给队长推荐让他办村上的黑板报,他非常认真,村民们都夸他字写得好,画也画得好,慢慢地他也有了自信。后来我们俩还各自买了一把板胡,下雨天不出工时,练习演奏。开始时,同学们说我们俩的演奏是在杀鸡,后来我们演奏熟练了,还参加了村上的毛泽东思想文艺宣传队。

插队第二年,我二十岁,安民十八岁,那年他摔伤了。

村子离县城有几十公里土路,每天在村口发一趟班车,车是帆布篷的大卡车。车一来,人们蜂拥而上,从后面的铁梯往上爬,然后像插萝卜一样满满插一车厢。有一次,我和安民有急事要回县城,没挤上班车,只好骑自行车。一人一车,一前一后。

快到张郝村时，由于坡陡路不平，安民的车子左右晃了几下，连人带车翻滚到了路边。我急忙刹车去看，只见安民满脸是血，双手抱着腿，龇牙咧嘴，疼痛不堪。自行车架变了形，车轮三扁二圆地在空中痛苦地旋转。眼看天色已晚，我只好推着自行车，扶着跌伤的他住在了张郝村一位农民家里。夜晚，窗外的月亮格外明亮，月光下跌伤的安民脸色异常苍白，他痛苦地呻吟着，我揪心得一夜无眠。天亮后，找人把他送到县医院，经检查，左胳膊脱臼，右脚踝骨折。出事后他在家里躺了两个月，伤还没有完全好就回到了村上。

那年县上征兵，我们知青都去体检，因为这是离开农村的好机会，既正当又光荣。可是知青中只有安民一个人通过了体检的每一道关口，成了一名光荣的解放军战士，大家都很羡慕他。临别的那个晚上，我俩聊到了鸡叫，第二天，在欢乐的锣鼓声中，我俩挥泪告别了。

军人安民

安民在我省宝鸡和甘肃天水交界的地方当兵，是管枪支弹药的后勤兵。他几乎每周给我写一封信，我们的信件来往可以装订成一本书。从他的信中，我知道他在部队很不开心，一方面是工作生活非常单调，如他所说"每天就是开关仓库通风窗，早上把绳子拉下来，晚上把绳子放上去，狗经过训练都能干"；另一方面，在深山老林里，和社会隔离，一个人管理一个仓库，非常寂寞，如他信中所说"每天抱着枪，见不到一个人，只能和树上的鸟儿说话"。

插队第三年，我被县机械厂招为钳工，离开了农村。上班前，我买了火车票专程去部队看望安民。

我印象中，火车过了许多桥梁，钻了无数个山洞，经过整整一天的行程，在一个很小的车站停了下来，下车的人很少。下车后走了十几分钟就到了安民所在的部队。

我到时，战士们正在吃晚餐，在打饭的人群中我很快找到了安民。我发现安民比插队时白了，可瘦了许多，眼睛里透出一种说不出的惆怅神情。晚上他告诉我，他不想在部队待下去了，要和我回去。他说部队上的人看不起他，说他性子慢，是个"蔫蔫子"，他说他受不了别人的歧视，他要和我在一起。我当时隐隐约约感觉到他脑子受刺激了。

果然，在我回去后不久，他从临潼家里打电话告诉我说，他提前复原了，被安排在临潼化肥研究所工作。

病人安民

安民上班不到两年，就离开了单位，回到了家里。他父母告诉我，安民得了精神抑郁症，办理了病退手续。

几年后，我去临潼看望他，他显得异常高兴，拉着我的手连说："吃了吗？吃了吗？"他妈说："安民的脑子还停留在你们插队的年代，在家里不停地写文章，他说是写插队时的事情，是小说。我们一看，全是和你在一起的事情，东拉西扯的，没有章法，但好在是个精神寄托吧。"

有一天，他突然给我打电话，提出要到插队的村上去看看，我答应了他，找车和他一起到了石柱塬上。他看到从县城到村上全是柏油路，高兴得笑了起来。我们聊起了那年他骑自行车摔倒的事情，安民摸了摸胳膊说："好像是昨天发生的事情。"

到了村上，他问了几个他熟悉的村民，我和村长领他一一进行了拜访。令我惊讶的是，离开村子几十年的安民，竟然能够说出村里几十个农民的名字，更使我吃惊的是，他还能说出这些农民的妻子和孩子们的名字。被拜访的村民，热情地接待了我们，他们谁也没有看出安民是个病人。

我突然想起不知谁说过的一句话："精神病和天才是一步之遥。"安民绝对是个天才。

安民走了，听说是心脏骤停。走得很仓促，没有来得及说什么。他享年五十五岁，在他的一生中最值得他怀念的时光不是幸福的童年，不是光荣的军旅生涯，也不是安逸的工厂生活，而是苦难的插队时光，无疑，那段时光是他精神最快乐的时期。

他走之前，我们陪他去了知青点，他满足了，高兴了好多天。他母亲告诉我，他那天回家后写了一晚上日记，记录了他回石柱塬知青组的全过程。应该说,他没有了遗憾。

殡仪馆里,简单的葬礼结束了。当年的知青们又相聚在了一起,大家看着彼此沧桑的面容,说的最多的话是:"保重身体,珍爱生命。"

人其实很脆弱,每个人终究都会离开这个世界,乐也一天愁也一天,何不快乐每一天;晴也一天阴也一天,明天总是艳阳天。

愿每个活着的人健康、快乐每一天!

写于2013年6月

清华！北大！随便填一个

老天终于下雨了，炎热的街道有了些许凉意。

下午散步，走到边家村十字。身后传来一个妇女的声音："填啥好？清华、北大你随便填一个……"牛！我和周围的行人都扭过头去。

只见一个农村人打扮的中年妇女，对着手机说完话后，又问旁边的中年男人："清华、北大哪个好？你知道不？"

中年男子汗流浃背，耳朵上架根纸烟，嘴里咬着肉夹馍，右手拿个喝了半瓶的矿泉水瓶子，搭眼一看，八成是个农民工。只听他很不耐烦地说："谁知道哪个好？自己拿主意，随便填一个！"牛！路人咂舌惊讶间，他们匆匆离去，好像要赶末班车。

近日同事间、亲友间，谈的最多的就是谁家孩子考了多少分，报什么学校好等。关心孩子前途乃人之常情，望子成龙也无可非议。但中国太大，能人太多，竞争太激烈，非要通过高考这座独木桥达到成功的彼岸，绝非明智。

前几天回老家，堂弟在镇上开了个小饭馆，他的儿子也是今年的高考生。我关心地问："考了多少分？"侄子回答："二百〇九分。"我惊愕地说："那咋办呀！"堂弟异常平静地说："今年大专录取线一百五十分，还多了五十多分哩。他身体好，学个技术干啥都行，实在不行就端盘子去。"天地之间，小镇小店，堂弟一家爽朗的笑，让我心动。

人生存的选择有很多种，在城里，高考是唯一选择，让孩子从五岁开始就迈向了一条"如果学不死，就往死里学"的路子，"九〇后"的童年就是从各种补习班开始的。他们的世界里，少了田野，少了蓝天，少了干体力活才有的健康体魄。走着走着，最后家长和孩子就剩下一条路——高考多少分。

抬头望天，天是同一片天。但在不同的人眼中，有的人，天越来越高；有的人，天越来越宽。在农村，从父辈开始，谋路子生活，谋本事生存，在他们眼里到处都是路。种地不成去打工，打工也有高低，高不成就低，事业的起点可以从端盘子开始，也可以从高考的二百〇九分开始。未来是什么，能从北大、清华迈起，当然是一种人生。但从小镇饭馆端起的第一个盘子开始，也未必走得不远。

清华、北大在乡下人眼里也不过是个学习的地方，他们不会为择校动多少脑子，也不会为孩子上了名校而兴奋不已。他们对城里人的惊讶感到"惊讶"！他们深谙"儿女自有儿女福，不为儿女做马牛"的古训，他们的儿女自小就"独立自主，自力更生"，绝不会把大学里穿脏的衣服拿回家让母亲洗。

水泥丛林中生活的人，喜欢做不接地气的梦，喜欢竞争攀比，他们眼里的天只有高度，没有宽度。竞争到老，拼搏一生，回头一想，真正不知道是为了啥！所以活得很累很累。农舍田野里长大的人，视野开阔，与世无争，他们知道不耕耘是不会有收获的，所以吃苦耐劳，憨厚忠诚，想得少做得多，天天吃无公害的农家饭，唱地道的家乡曲。惹得城里人只盼着周末，成群结队往乡下跑。

看来，真正活明白的还是乡下人！

发表于2013年7月《陕西交通报》

简单的幸福
——读父亲的诗歌有感

我们常常会感到很迷茫。

当今，铺天盖地的信息，让人眼花缭乱。信仰自由，言论自由，本是好事，却也让人无所适从。手机方便了联系，人们团聚的时间却少了。交通便捷了，为让儿女看望父母却要立法了。微博信息，赛过百科全书，保健知识、人生格言、处世哲学、教子奇方、奇闻趣事，不经筛选，通通分享。

有人说："生活越来越好，心情越来越坏。"这个社会怎么了？"不是我不懂，而是这个社会变化太快了。"

前不久，年逾九旬的父亲过世，在整理老人的遗物时，我发现了一个普通的蓝皮笔记本，打开一看，是父亲1961至1964年期间写的诗歌。

从未想过，如父亲这样戎马一生的军人，会去写文字。而这些文字在之后的很多年里,他也从未给任何人提起,所以,当我偶然翻看这一首首诗歌时,那种泛黄的老式笔记本,和父亲一笔一画写下的字,让我跨过五十年时间,去审视那个年代人的思维。

父亲的诗其实是顺口溜,也像快板,不拘格式,不太讲韵律,全是大实话。充分反映了那一代人的心声。他们是那样朴素,那样真实,那样义无反顾。"大跃进"期间,父亲在矿山负了伤,组织送他去住院,病还没有好,就闹着要出院。他写了《有意见》一首诗:"马瘦毛长屁股深,病号讲话没人听。管你爱听不爱听,我有道理说分明。工作这么忙,任务这么重,叫我住医院,实在难安心。天天闹出院,大夫不答应,坚持出了院,不给出院证,心想回矿山,还能做事情。领导来盘问,立即做决定,文件不让看,工作不能问。同志来看我,大夫不答应,我想看同志,那就更难准。整天睡大觉,实在太苦闷,任务很简单,吃药又打针,并非同志太无情,而是对我太关心。人虽有病心里明,感谢党的大恩情。不管怎样说,总是不安宁,三五几日还可以,时间长了怎得行。工作这样多,任务这么重,全民大跃进,一人顶几人,叫我吃闲饭,万万弄不成。意见我要提,哪怕受批评。"父亲战争年代头部负过伤,这次也是头部负伤,在他的强烈要求下,还是出了院,但不久又因病情复发再次被送去治疗。他写下了《还我健康》一首诗:"正在跃进负了伤,昏晕栽倒脑震荡。半夜送到黄雁村,半月出院回前方。工作学习硬勉强,头痛走路不稳当。为了彻底除病根，组织送我来疗养。华疗是个好地方，风景如画气清爽。一个疗程送病魔，白衣战士武艺强。翅膀坚硬腿变长，党又把我来解放。体重日增腰腿壮，浑身是劲气血旺。走马扬鞭返前线，一身轻松心欢畅。星辰日月都听着，归队战士把歌唱。人有精神马强壮，山河开颜齐欢唱。人民江山钢铸成，六亿神州是天堂。"

这是一种什么样的情怀？这是一种什么样的精神？是什么力量让他们义无反顾，一心为公？在一首无题诗里他做了回答，他写到："不知黄连苦，怎知蜂蜜甜。生活倒着比，政治向前看。生命诚可贵，全然不属己。活着为人民，死后归社会。"

严格地说，这其实不算诗歌，直白得几乎没有多少文采。在他的世界里，人生就是事业，渺小的个人在国家伟岸事业之中微乎其微，所有的人生方向，是唯一而固定的，那就是为了国家奋斗一生。这种思想，在今天这个彰显个性的时代看来，有些不可思议，而在父亲的年代，理所当然。所以我看到的父亲，写下的文字是简单的，人生价值观是执着的，他一生都是快乐的，没有任何顾虑和彷徨，他的世界，如清水湖面，一触到底。

翻看父亲的诗集，很多时候，我问自己："什么才是快乐？"当我们每天被庞杂的信息侵入的时候，当各种各样的价值观拷问我们的时候，我常常如芒在背，总觉得，自己是不自信的，彷徨而不安的。

如果人生真的是一场修行，那么选择一个简单笃定的人生信仰，义无反顾地走下去，或许也是一种幸福。

　　父亲临终也不会用电脑手机，他没有接受过时代信息的狂轰滥炸。那本陈旧泛黄的诗集，在某一刻带我回到了五十年前：那时街上的车很少，店铺很少，蓝天白云，没有雾霾。父亲忙完一天的工作，骑着自行车回家，傍晚灰暗的小巷深处，母亲带着我们兄妹，踏着冬天的雪，站在路口等他……那一刻，因为简单，我们曾经那样温暖。

发表于2014年1月《陕西交通报》

当外公的感觉

今天是春节后上班第一天,即2014年2月7日,正月初八。中午11点45分,妻子发来信息,说在外地工作的女儿生了个男孩,母子平安。消息不一会儿就疯传开了。

我的第一感觉是母子平安就好!同时就觉得妻子辛苦了,女儿受罪了,女婿受累了。

单位同事问我当了外公是什么感觉,两个妹妹高兴得不停地发信息,问这问那:男孩女孩?顺产吗?几斤重?我除了知道是男孩以外,其他什么也说不清楚,连孩子几斤几两都不知道。

要说当外公的感觉,我回答说:"添了一个亲人,多了一个朋友。"同事们似乎理解了,又似乎不太理解。有的说:"添了一个亲人是真的,朋友有点小了。"

呵呵!随你们怎么说,其实我的想法是:马年得了外孙子,生于正月初八，当然是唯马首是瞻了，又逢了个"八"字，吉利吉祥，添亲人一个；再过几年，我成了老顽童，孙子是小顽童，我们在一起玩耍，不是朋友是什么？

女儿怀孕期间，说过想要一个女儿，我问为什么？她说："女儿听话，好管，孝顺。"想想也是，现在去医院里看看，父母住院，多是女儿陪护，一脸的忧心忡忡；儿子一般都是礼节性地转一圈就走了，理由常常很多，一般都是单位很忙，事情很多，可谓忠孝不能两全也！奇怪的是，父母竟然还非常理解儿子，视女儿的艰辛付出和孝敬为理所当然。为此，女婿也会因照顾媳妇而"艰辛付出"，这时的丈母娘和老丈人似乎忘记了女婿也是人家的儿子。

我非常同意女儿的观点。但生男生女不由人，只要从母亲身上掉下来，母亲看着粉嘟嘟的脸，摸着胖乎乎的手，成就感和幸福感就会油然而生，心里肯定只有两个字：可爱！根本不会在乎男孩女孩。生男孩女孩都是好事、喜事，关键要优生优育，重视培养教育。重男轻女，重生轻养，乃下里巴人之所思所为，本外公不屑理论。

女人生孩子，全家人都要操心，常言道："人生人，吓死人。"母子平安了，全家就放心了。从这一点说，女人是伟大的，母亲是伟大的。男人应该明白这些道理，在家庭中付出再多都是应该的，都不能有任何怨言，若有怨言时，就想想女人十月怀胎时的艰难和生孩子时的痛苦。同时要懂得孝敬伟大的母亲，尊敬美丽的妻子，呵护可爱的女儿。

当外公了，意味着下一代也完成了遗传下一代的义务，教育和养育是女儿、女婿的事情，我们是协助和参与者，绝不越俎代庖，但也不至于袖手旁观。妻子在女儿怀孕和生产期间，尽到了做娘的全部责任，我从内心表示感激。

当外公了，也意味着我们迈上了一个新的台阶，该到含饴弄孙、享受天伦之乐的时候了，可我还是不大习惯。那种慢腾腾地走路，慢腾腾地说话，哼哼哈哈，耳聋眼花，反应迟钝似乎离我们还很远……

走着瞧吧，到时候见了孙子还不知道谁是孙子呢！

为无辜的生命祈祷

　　昨天，接待了江苏一位姓张的朋友。席间，朋友谈起马航客机失踪事件，令人唏嘘不已。

　　原来，他2月下旬随团赴马来西亚旅游，由于家里有事，在旅游了十五天后就提前一天回国了。就在回国的第二天，新闻爆料：马来西亚吉隆坡飞往北京的MH370客机失踪了。朋友们为他的有惊无险表示庆幸，同时，对可能遇难的二百三十九名乘客扼腕牵肠，希望能有奇迹出现。

　　朋友说，他认为飞机被劫持的可能性极大，而且机上人员有生还的可能性。大家对他的判断产生了极大的兴趣，纷纷要求阐述理由。朋友喝了口酒，慢慢细叙了他经过吉隆坡国际机场安检时的过程。

　　他将行李放入柜式安检仪后，就进入安检门。几个安检人员边工作边说笑，只见一个女工作人员，用手持安检仪在他背部简单地上下晃了一下，就让他通过了。过安检门后，他就去取行李。突然，他想起行李包里有个水杯，而且水还没有喝完，他就按照国内安检的常识，自觉拿出水杯，当着安检人员的面，一口喝光，表示杯中装的是饮用水。安检人员却毫不理睬他，对他的自觉行为视而不见。他又看了看其他乘客，只见有的拿着半瓶矿泉水，有的拿着装满水的杯子，满不在乎地陆续过了安检。登机后，他和同行人员还议论了这里的安检情况。有人打趣说，今天如果有劫机的，肯定可以上飞机。

听了他的叙述，大家一面为马来西亚安检人员的不负责任而喷叹，一面为生命的无常而感叹。其实，每个人都无法预料一小时后将会发生什么事情，人生不完全由自己把控，任何人都无法逃避灾难。珍惜每一天，不论春夏秋冬；热爱每个人，不论贫富贵贱。让我们善待自己，善待家人，善待同事，善待弱者，善待一切有缘分在一起度过的生命吧！

不过，针对这次飞机失踪事件，我们大家还是希望是一起劫机事件为好。在多种危害来临时，人们会认为面临较轻的危害是一种幸运。若劫机，肯定有动机，有诉求，一般是没有必要伤害无辜的。

可是已经八天了，还没有人对此次事件负责。各国的情报机关、搜寻机构也没有一个准确消息。马来西亚在不断否定，越南方面不断发现，中国方面不言放弃，美国的消息模棱两可。各种分析猜测充斥网络，使人眼花缭乱，头昏脑涨。人们很着急，很担忧，很无奈。

大家认为，无论最终结果如何，想想二百三十九个鲜活的生命（其中我国同胞一百五十四人），想想那些至今还悲痛欲绝的亲属，相关国家和部门都不应该放弃对这架飞机的搜寻工作，哪怕只有万分之一的希望。

让我们为那些无辜的生命祈祷吧！

叔父打我两耳光

叔父是2014年5月20日清晨去世的，终年八十一岁，在我们村里，这个年龄算是长寿了。

在叔父去世的前一天，我到宝鸡市中医医院看望了他。在四人间的病房里，叔父戴着氧气罩，表情痛苦地对我说："心口难受得很，快把针拔掉，让我少受点罪……"

医生说叔父得的是心脏病，已经大面积心肌梗死。我问能不能转院治疗。医生说年龄太大，移动随时会有生命危险。我请求医院不惜代价，全力抢救。主治医生无可奈何地摇了摇头，最终答应调整到单人间的病房。在病房里，我给叔父说了一大堆安慰的话，但叔父还是无奈地摆了一下头，苦笑着对我说："不要忙活了，我该走了。"我强忍悲痛，和叔父挥手告别，叔父眼含泪花，吃力地抬起右手，挥了一下，又重重地落下，我预感到这次是永别了。

我们兄妹四个,小时候都是在叔父家里长大的。我们在叔父叔母的关照下相对平静地度过了自己的童年。在农村时间长了,我们习惯了这里的一切,认为叔父家就是我们的家,和堂兄妹一样称呼叔父、叔母为爸呀,娘呀。直到"文革"结束后,我们才陆续回到了父母身边。

在我的记忆中,叔父一直是强壮有力的,家里的重活全是他干,地里的农活没有他拿不动的。常年的劳作,使他的手背粗糙得像老松树皮,冬天会裂开一道道口子,手心上磨出了厚厚的老茧,胳膊上凸起一块一块的肌肉。脱掉上衣,脊背和胸脯上那些结实的肌肉,颜色就像枣木案板,紫油油地闪着亮光。我们常用手捏他的肌肉,心想,他这肉怎么长成了这样?

叔父曾经用他那有力的巴掌打过我两耳光,至今想起来还隐隐作痛,但心里总是暖暖地感恩。

那年我十三岁。一个星期天,我背着背篓去割草,发现地里藤条长势良好,就割了些,钻到高出人头的玉米地里,模仿叔父编草笼的方法,一个人编起了草笼。编到该收边时,因未掌握收边的技术,只好继续往上编。往上编,就不是笼了,而成了囤。好!就编个囤扛回去,让叔父帮忙把边一收,可以存放粮食。不知不觉,日头渐渐偏西了。我隐隐约约听见有人在喊我的名字,声音由远及近,哦,是叔父的声音。这时我也感到肚子饿了,赶快收拾起东西,钻出了玉米地,大声地应道:"爸呀,我在这儿哩！"我一脸高兴，心想叔父看见我会编草笼了，一定会夸赞的。谁知，叔父黑着脸，只说了句："往回走！"就再也不言语了。我背着背篓，提着编出的半成品，跟着叔父往回走。叔父手握镰刀，眼睛警惕地瞅着两边的玉米地。秋风吹着玉米叶子，发出嗖嗖的响声，此刻，我突然毛骨悚然，感到了恐惧。我想起前不久邻村一个孩子割草时被狼叼去的事情，据说，大人们找到时，只剩下背篓、镰刀和一双鞋……

快到村口了，一路无语的叔父突然挥起大手，照着我剃得锃亮的光头上啪啪！就是两耳光。我打了个趔趄，头皮火辣辣地疼，他边打边说："晌午端，狼撒欢！你不回来我以为狼把你吃了，你吓死人呀？"

我没见过狼，但在地里见过狼屎，不知狼平时吃什么，只知道狼拉的屎是灰白色的。那年月，狼吃娃的事情是经常发生的。

回到家里，叔母端上一碗热了多遍的搅团让我赶紧吃，我边吃，她边抹着眼泪说："上午，我做好了饭，左等右等不见你回来。我四处打探，问了你的几个同学，他们都说没看见你。太阳偏西了，我心急火燎，我知道你平时都是按时回来吃饭的，今天这个时候还不回来，肯定是出事了。我越想越害怕，让你叔父赶快去找，你叔父一听急了，随手拿了把镰刀就漫无目的地到处去找。现在，看见你回来了，我们终于松了一口气。"听完叔母的话，我明白了叔父打我时的心情，那是发自内心深处的爱啊！

后来，我参加了工作，叔父隔一段时间就要进城来看我。来时总会带上西府有名的"睁眼锅盔"和打搅团用的玉米面。不知不觉中，岁月的风雨在他脸上无情地冲刷出一道道沟壑，原本乌黑的头发也渐渐脱落，变成了稀稀疏疏的银丝。每次面对我们曾经视为保护神，但如今已鸡皮鹤顶的老人，我总会想起那暖暖的两巴掌。

在叔父的灵堂前，看着遗像中的叔父在对我微笑，我似乎又回到了那个贫穷但快乐的童年时代……

发表于2014年5月《陕西交通报》

体味两个诺奖得主的精彩对话

8月17日，交通作协副主席刘峰邀我参加了在大唐西市召开的"长安与丝路对话"活动。期间，中国诺贝尔文学奖得主莫言，与同样是诺贝尔文学奖得主的法国作家勒·克莱齐奥展开了一场"东西对话"，两个有故事的人在一起分享着自己对人生、对丝路、对文学的理解。

下午1点，容纳八百多人的大唐西市金色大厅里座无虚席，央视主持人和晶幽默风趣地主持了这场对话。

莫言与勒·克莱齐奥的对话，围绕着主持人引导的话题，根据自己的关注与理解，虽然稍显碎片化，却显得非常真诚。他们之间的对话，幽默睿智，文采飞扬，当然，文学一定是谈话的开端。

莫言说："当下局部战争、局部的灾难依然存在。社会进步了，进步得还不够。人性确实是在逐渐走向完善，但还有很多缺陷，在这样的情况下，文学、艺术、宗教的作用非常重要。文学是研究人类情感的，不仅能揭示人性真善美，也能揭示假恶丑。文学应该有批判人性中的贪欲的功能。文学的基本点都是描写人的、刻画人的心灵的，塑造人的形象的，描写人的情感肯定要遵循对人性的剖析，让阅读者潜移默化地受到感染教育。"

1940年出生的法国文学家勒·克莱齐奥解读了自己读莫言小说的情感体验："莫言的小说中有很多地方书写的是灾难和黑暗。在小说中，也有关于历史、政治和人类内心情感的残暴和暴力的东西。在书中，我看到了其中的真实，真实恰恰是作家要表现的。同时，我也看到了希望。"

莫言回应："勒·克莱齐奥先生是我的老师，比我年长。我前几年开始读他的书，来之前也临时做功课。他的文笔非常优雅。他写小说，刚开始从很小的地方，写自己的家庭、父亲、母亲，然后扩展开，从一个小的点着手，那种感觉和细节很好。我认为他是在法国新小说运动的基础上又往前跨了一大步。我往往喜欢写宏大的场面，写历史场景，写众多的人物，写战争、饥饿、灾难、政治。勒·克莱齐奥从小处入手，依然展示丰富的人性和广阔的人生。"

关于阅读，莫言则说："自己上学很少，上了五年级就辍学，无法参加沉重的劳动，有一段时间无所事事，这期间兴趣最大的就是到处搜集村子里留存的书，每个村子里都会有十几本

《三国演义》《水浒传》《聊斋》。父母亲反对我读这些闲书，文学书在农民眼中是没有用的闲书。"

和晶说："我父母根本就不让我读那些书。"莫言幽默地说："所以你成不了作家。"会场响起一片笑声。

勒·克莱齐奥认为对于孩子来说，应该没有什么是禁书，"我去毛里求斯会给孩子们送书，下次去会送给他们《丰乳肥臀》。"

"同为文学大师，名声在外，你们是如何看待出名呢？"和晶问。

莫言说："人怕出名猪怕壮，没出名的时候，千方百计想出名，出了名以后，给个人生活带来一些影响，活动不自由了。今天下午，我要在西安街头光着膀子走一圈，哪个有心人用手机随手拍一张照片，就会成为蛮搞笑的新闻。名都是虚名，尤其是作家的名，对作品的质量没有任何的影响。我想能够获得这个奖项，并不代表你就是最棒的。奖都是相对的，我自己也非常清醒，即便是在中国、在西安的范围内，比我写得好的作家都有许多。心里有这个清楚的认识，处理问题就不会有太大的偏差。"

勒·克莱齐奥说："一个作家再出名，是有限度的。文学不是一切，我们要吃饭，我们需要地里长出的红高粱，需要记住自己对别人的责任。你的名气再大，前面的坟墓照样在那里等着你。"

对于丝绸之路，莫言表示："这个话题如此久远，如此宽阔。无论多么丰富的学问谈到这个话题都会感到捉襟见肘。西安作为丝路起点非常光荣。丝路建设从来不是单纯的经济建设，它是思想交流，它是思想之路、文化之路、友谊之路、和平之路。我们的祖先向西，用丝绸和青瓷去做贸易，满载着友谊与和平的理念，没想过把自己的东西强加给别人。带回了西方各国优秀的物质和文化产品。郑和当年下西洋时候，没有带回金银财宝，而是带回了一只长颈鹿。我们享受的食品和乐器很多是从丝绸之路传到现在的，这都是丝绸之路文化含量、文化交流的硕果。重建丝绸之路第一个重要的问题是继承，我们要继承祖先留下的文化遗产，继承几千年丝绸之路交流过程中，融入中华民族血液中的西方文化元素。在继承的基础上，我们要特别重视交流。只有在交流中才能比较，只有在比较中才能发现对方的长处和自己的缺陷。"

对于丝绸之路经济带的重建，莫言认为："我们不应该满足于把祖先留下的东西保存好，应该在继承保存祖先给我们宝贝的基础上创造出我们自己新的产品、科技和文化。作为作家我们应该写出新的文学作品。只有这样，有朝一日，我们成为先人的时候，我们的后代儿孙才能享受我们的成果。艾青说过'蚕在吐丝的时候，没想到会吐出一条丝绸之路'，这话让我很感慨。"勒·克莱齐奥说他同意莫言的说法，他说："丝绸之路是无限的，没有尽头的路，所有的路都是多向的，既是从东方通向西方的，也是从西方通向东方的，这条路就是交流。就是在这种东西南北的交流中，才有了人类的希望。"

勒·克莱齐奥提出了一个问题："在人类的交流中，文学起着什么作用？我想说，没有文学，这种交流将变得更困难。我不是中国人，但是当我读老舍的书，我马上可以感受老舍当年的生活，我还通过鲁迅了解中国。我不是山东人，也不知道当地农民的生活，当我读莫言的作品，便和他产生了共鸣，好像他邀请我去了他的家。文学是我们了解自己，了解他人，进行交流最好的方法，通过交流，我们增进了解。我是在战争中出生的人，我听过炮弹在我奶奶的房子上落下，在战争当中我们也经历过饥饿，所以看莫言的书我会有同感。为什么我到西安特别激动，这是一场伟大历程的重新开始。"

勒·克莱齐奥说："新的丝绸之路交流的不仅是香料、丝绸，而是还有新的尊贵的东西，那就是我们的精神。新的伟大的历程，这种新又是与过去紧密联系的，马可·波罗因为有了丝绸之路，他在元朝时到了中国的北方。在另一方向，玄奘从西安出发去西天取经，走的也是丝绸之路。他们使丝绸之路，成为一条精神的丝绸之路，因此当我们讲新的丝绸之路时，它就显得更为重要。在此，我要感谢西安这座城市，它具有伟大的历险的精神。"

对话气氛热烈，幽默自然。两个诺奖得主，两个会讲故事的人，通过只言片语的交流，给人们留下了深刻的印象。

思　念

时间过得真快，一转眼父亲离开我们已经一年了。

去年9月30日，父亲因脑溢血住院后导致心肺衰竭永远离开了我们，享年八十九岁。今年，国家立法确定，把每年的9月30日定为烈士纪念日，这和父亲的忌日正巧吻合。父亲是抗日战争时期参加革命的老兵，骨灰也安葬在了烈士陵园，母亲为此欣慰了许多。父亲去世后，母亲日渐憔悴，身体每况愈下，半年时间就住了两次医院。我们兄妹隔三差五就回家看看母亲，除了生活上的照顾以外，主要是给予精神上的安慰。

亲爱的父亲，时间过得真快，一年的时间就在漫无边际的思念中从指间溜走了。但是，与时间的流逝相反的是，我们对您的思念与日俱增。白天的时候，我正常工作，没有人能看出我这一年经历过什么。但每每夜深人静的时候，都会为您和我们所经历过的那些事感动得热泪盈眶，夜不能寐。您病重的时候，我深知任何的安慰都无济于事，只是默默地陪在您的身边以减少您的寂寞和忧虑，让您走得更安心，更放心。为了延长您的生命，我们和医院背着母亲采取了许多治疗措施，也同时让您多受了许多痛苦。母亲知道后说是"过度治疗"。现在想起来，我常常心痛，在此，我想对您说一声"对不起"。

现在每当我想您的时候，就会拿出您生前的讲话录音听一听。那是老式的盒式录音带，现在音像制品都用光盘或U盘了。为了听录音，我专门去商店买了一台卡式录音机。有两盘录音带我一直保存着，一盘是您在武警总队党员干部大会上的讲话，是讲纪律作风的；一盘是您离休后在凤翔县委礼堂做革命传统报告。每听一遍，我就像面对着您，听您的教诲，受益匪浅。听完后，我会把录音带细心地收藏起来。

父亲的一生是传奇的也是平凡的。父亲从延安中央军委的译电员干起，后来转战西府地区打游击，新中国成立后一直从事政法工作。陕西省武警总队成立时领导和参与了组建工作。不论是普通战士还是领导干部，不论受到打击迫害身陷囹圄还是平反昭雪恢复工作，您都以一个普通共产党员的标准严格要求自己，逆境不气馁，顺境不张扬，廉洁奉公、兢兢业业干好自己的工作。您对我们是严格的，有时候甚至是苛刻的，但我们兄妹四个，每个人都认为您对自己最好。

往事历历在我眼前。我小的时候，一直是个自以为是、任性

别问
时间都去哪儿了

调皮的孩子。那年我大约七岁，跟着父母参加一个婚礼。记得当时的婚礼在一个会议室举行，大家围着会议桌坐着。新郎新娘都穿着当年时兴的蓝色中山装，胸前戴着大红花。主持人宣布婚礼开始时，我的眼睛就瞅着会议桌上的一大堆喜糖，可是桌旁的人没有一个动手取糖，我也不敢轻易下手。我想，可能是在婚礼宣布结束时才可以动手吧。我耐心地等待着，终于，我看见父亲站了起来——他是单位领导——他站起来讲话就意味着婚礼将要结束了。我的眼睛又盯在了喜糖上，只听父亲提高了嗓门说道："祝愿你们恩恩爱爱，白头到老，成为一对革命的夫妻。"大家开始热烈鼓掌，我在大家的掌声中，迫不及待地冲上去，两手抓着桌上的喜糖拼命地往口袋里装。其他小孩子见状也开始抢糖，顷刻间，秩序一片混乱……回到家里，我见父母脸色异常严肃，便知要挨批评。可我万万没有想到，父亲嗖的一声拔出了平时锻炼用的太极宝剑，直接架到了我的脖子上。我看着明晃晃的利剑，吓得直哆嗦。只听父亲厉声问我："你想死还是想活？"我觉得死活就在这一瞬间，于是连忙颤颤抖抖地说："想活！想活！"父亲说："想活就好好做人，我不要丢人现眼的娃。"我说："我错了，再也不敢了。"说着从口袋里把喜糖全都掏了出来。其实，喜糖我还没来得及吃一个呢。站在一旁的母亲这时候说话了："好啦，不杀了，留着以观后效吧。"父亲嗖的一声把宝剑插入了剑鞘。我摇了摇头，意识到自己还活着，但却吓了个半死。

还有一件小事,也让我终生不能忘记。那年招工,我进了工厂,当了半年钳工,就初步掌握了车钳铆焊的技能。为给父母一展手艺,利用业余时间,我精心做了一把能升降的转椅。当我兴致勃勃地把转椅带回家时,却遭到了父亲的严厉批评,说我偷拿了国家的财产。我辩解说是用废旧材料加工的。父亲说废料也是国家的。于是,在父亲的监督下,我很不情愿地把椅子拆开又送回工厂。我当时很不理解父亲,但后来我很感激他。我明白,他是想让我清清白白做人的。从此,我懂得了"手莫伸,伸手必被捉"的道理。从此,父亲在我心中牢固地树立起了"严父"的形象。

后来,父亲离休了,在八十岁以前,我们见他时都是规规矩矩,不敢妄言的。后来,他年纪大了,不爱活动了,我们回去看他时,他的话越来越少,也不批评人了,听到社会上烦心的事,常常一笑了之。母亲说:"你爸是'猫老了不逼鼠了'。"其实,这时候父亲已经开始脑萎缩了,我们一点儿也没有意识到,还认为父亲"修行"到家了,把世事看开了。

父亲走了,我深切地感到生命的无常,知道人生的无奈,知道在人生的道路上,作为一个男人的艰辛和责任。父亲是家里的顶梁柱,父亲走了,我们就要扛起重任,给母亲,给妻儿以呵护,让他们有依靠,有安全感。

烈士陵园的祭奠台上,纸钱烟雾弥漫,泪水模糊了我的视线。在朦胧的泪光中,仿佛又看到父亲熟悉的容颜。可是,温馨的家园，再也没有了父亲的影子。敬爱的父亲，您可听到儿子真切的呼唤？父亲，您现在过得好吗？我们又来看您了，您的儿女给您送钱来了。在那边，您要好好地照顾自己！您的儿孙们已经长大，已经刚强，莫再为我们牵挂，莫再为我们担忧。我们会遵照您的教诲，堂堂正正做人，踏踏实实做事，并且把母亲照顾好。

我的父亲，让我和您相互遥望，有太多的话要和您叙说，想告诉您家里每一件您关心的事。就想这样一直陪您说下去。

写于2014年9月30日

体味"黄金粥"

"十一"长假刚开始,道路堵车、景点爆满的信息就铺天盖地而来了。我原本想窝在家里,哪里也不去,但看见平日里熙熙攘攘的家属院里突然门可罗雀,就有点耐不住性子,再加上家人和朋友们的怂恿:"过节不出去逛逛过啥节哩嘛!"我也就心动了。

经协商,我们决定去离西安较近、人流可能较少的周至沙河湿地公园,也叫水街的景点去旅游。那个地方我曾经去过,是周至县招商引资变废为宝的一个惠民工程。将一个多年的垃圾场改造成一个集娱乐、景观、美食、民俗为一体的旅游景点。如果在南方,这种改造不算什么稀奇,但在缺水的西北地区,因为引进了一汪清水,形成几百米的水街,便有了稀罕之处。

上午9点,两辆车一前一后向西宝高速驶去。我盘算,从西安

别问
时间都去哪儿了

到周至，几十公里，最多一个多小时，逛完吃个饭，回来最多下午2点。可我失算了，车子一上路就开始蜗行，走走停停，一个小时才走了三十多公里。多亏大家有说有笑，才不显得寂寞无聊。

又一个小时过去了，车子越走越慢，最后干脆停了下来。前面几辆车上下来几个人，面向绿化带开始撒尿。不一会儿，越来越多的人下来了。

这时后面车上发来一条微信："前面若有服务区，停车，方便！"我们回答说："共同愿望。"车子时快时慢，大约半个小时后，驶入了武功服务区。服务区里车位已满，转了一圈才找到了车位。一下车，大家便纷纷向厕所奔去。

男厕所门口，人们出出进进，像循环电影院散场，虽然人多，但速度很快，井井有条；女厕所则不同，进去的人多，出来的人少，一些进不去的人，手里攥着手纸，一脸的窘状，看了不由得人跟着内急。

此刻我突然想到，如果在黄金周期间，把男厕所用简易隔断稍加改造，腾出大量富余的蹲位，让给女士们使用，一定会令女士们欢天喜地。

半小时后我们离开了服务区，又半小时后，我们到了周至县高速路口。在出口处，我们打听去水街的方向，收费员说："前面第二个路口。"到了路口，只见路中间竖一牌子，上面写着"前方修路，请绕行！"怎么绕？需要多长时间？许多车辆停在那里，犹豫踌躇。这时，一个沙哑声音的中年农民，喊叫着跑到我们的车窗前，说只要交十块钱，就可以给一张线路图，并详细解说怎么绕行。此刻，已经12点半了，大家饥肠辘辘，为了尽快到达目的地，我们犹豫了一下就给了农民十块钱。只见这个农民从口袋里摸出一张只有扑克牌大小的纸片，上面用圆珠笔画了几条线，还标有几个谁也不认识的奇怪符号。额滴神呀，这就是线路图！中年农民见大家疑惑不解，就给我们详细地解说了一番。我只记住了"上高速，再下高速，左拐、左拐再左拐。"

返回高速路时我在想：如果我是周至县的领导，一定会让有关部门在高速路口竖立起醒目的标志牌，并画上明确的路线图，可惜我不是；如果我是西安市的领导，走到这里，一定会给周至县的领导打个电话，告诉他们这里没有标识，需要立即整改，可惜我不是。我突然明白，节假日多数领导是不会出来凑这热闹的，一般公务员出来的也不多，他们平时可以借"下基层走群众路线"或"检查工作"或"明察暗访"顺便就把该去的景点游览了。

按照十块钱买的"线路图"，我们绕行了十多公里，终于找到了周至水街。从水街大门口往南，一公里内的十几个停车场都竖起了"车位已满"的牌子。在一块泥泞的庄稼地里，我们终于找到了车位，每辆车交了十元没有收据的停车费。

往景点走的路上，人流熙熙攘攘，车辆拥挤不堪，交警们汗流浃背地指挥交通，维持秩序。如果用"人山人海、车水马龙"形容眼前的情景已经感觉不够确切，此时，我想到了一个"粥"

字，人挤人，车挤车，简直黏成了一锅粥，黄金周叫"黄金粥"倒是恰如其分。

  道路两边的庄稼地里停满了小汽车，最少也有几万辆。这使我想起了那年参观韩国现代汽车制造厂时，在泊车码头看到的情景，有人形容那是汽车的海洋。那时候韩国平均四个人一辆车，令我们羡慕不已，现在我们的私家车每年都在以几何数增长，估计人均数很快就赶上韩国了。我注意到，车辆中没有制式标志的车辆和大排量、高档次的公务用车，这是中央"八项规定"起了作用。

  水街上，人头攒动，各种特色小吃应有尽有，叫卖声此起彼伏，热闹非凡，大家看见什么都感觉到香。在一个肉夹馍摊点上，只见戴白帽子的胖师傅，一会儿熟练地翻着炉里香喷喷的烧饼，一会儿剁着肥瘦相间的卤肉，看着就让人眼馋，于是，我们每人买了一个肉夹馍，站着目无旁人地狼吞虎咽起来。我一看表，下午2点15分，怪不得大家饥不择食了。卖工艺品的不少，但有当地特色的不多。几个妇女的手工草编工艺品倒是卖掉不少。我还注意到有卖山东周村烧饼的摊点，烧饼包装非常精美。多年前，我曾在山东周村挂职，那时候山东人的市场意识就很强，把有特色的民间食品纳之于盒，缚之丝带，或推向市场，或赠送亲友。我们的特色食品只能现场吃，不能带走，当然也很难推向市场。在水街，山东人似乎又比我们高了一筹。我又忍不住想了，我要是周至县领导，一定会指导"水街委员会"（不知道有没有这样一个部门）依托当地旅游资源，结合水街特点，做好经营规划，制订营销策略，让水街有自己的特色，从而走出陕西，走出中国，走向世界。

返回时，我们选择了108国道，较之高速路通畅多了。可能多数人贪图高速路节日期间免费通行，大家都走就难免拥堵了。实际上不管什么时候，做什么事情，只要换位思考，问题就会迎刃而解。

一路上，同行的人都抱怨人多拥挤，表示今后节假日再也不挤热闹了。我说："出来总是有收获的，不然怎么知道人多拥挤呢？怎么知道什么叫'黄金粥'呢？"

发表于2014年10月《陕西交通报》

"瓜老汉"郑智云

从铜川调到西安工作转眼已经四个年头了。铜川熟人的电话、信息越来越少,可唯有郑智云先生的电话隔三差五就来一个。每次接到他的电话,我就会问:"有事吗?"他总是回答:"没事,想你了,问候一下!"

郑智云和我同属相,大我一轮。平日里,大家都称他郑老师,我称他为郑老兄,他常常戏称自己是"瓜老汉"。

我们相识大概有七八个年头了,当时我在铜川市交通局任职。一天我去交警队商谈工作,无意间在交警队队长的办公室看到一张印制非常精美的内部报刊。对文字敏感的我禁不住问交警队队长:"这报纸是谁办的?你们交警队还有这样的人才?"队长说:"是聘用的人才,叫郑智云,就在楼下宣传科办公。"求贤心切,离开队长办公室,我就径直去宣传科,想看看这个会办报纸的人才。

到了宣传科，只见一个中等个儿的老人，戴着老花镜，仔细地校对着文稿。听见有人来了，他的目光移开了桌面，推了推眼镜，低了下头，从眼镜上方缝隙疑惑地看着我。我主动介绍了自己，然后问他是郑智云吗？他不卑不亢地说："我是郑智云，我认识你，请坐，有事吗？"我单刀直入，问了他办报纸的情况，又问了他的待遇情况。当我得知交警队每个月只发给他五百元工资时，我当即表示，每月发给他八百元，请他到交通局办报纸。他听后一点儿也不激动，很平静地说："我不图工资多少，就想退休了有个事干，如果需要帮忙，我可以两头跑。"

郑智云的"两头跑"使交通局很快办起了内部报刊，取名叫《聚焦铜川交通》，每月一期，报道交通建设中的好人好事，也曝光工作中出现的问题和不足，还选登一些文艺作品，在全市交通系统起到了很好的宣传鼓舞作用。后来铜川市成立了评论家协会，我被推选为主席，郑智云等人被推选为副主席。这样我和郑智云就正式走到了一起。

在郑智云及其他副主席的努力工作下，铜川评论家协会的工作很快步入正轨，各项活动有声有色。不久还创办了《铜川评论》杂志，开创了省内地市级评论家协会办刊物的先河，受到了省评论家协会的高度评价和重视。从此，我就和郑智云越来越熟悉了。

首先，我感觉到他是一个正直善良且乐于助人的人，有博大的人间情怀。为他个人的事情求人，他常常难于启齿，可帮助别人时，他会竭尽全力，不辞辛苦。他是蓝田县人，可为了给铜川一个边远山区的村子修路，他领着村长多次找市、县交通局，递交申请材料，诉说村上困难，到了饭点给村干部管饭，领着技术人员踏勘现场，最终修通了道路。我曾经问他："这个村子你熟悉吗？村上有你的亲戚吗？"他说："没有关系，就是在一次采访时，看到村子很穷，道路不通，知道国家有补助政策，就帮忙跑一跑。"

其次，他博学多才。他青年时就当教师，当编辑，和文字打了一辈子交道。退休后，他乐于培养年轻人，在他身边总有一批文学爱好者。有人请他修改文章时，他总是不厌其烦，帮助他们提高。有些人拿来的稿子，文字水平太差，为了不伤作者面子，他会在原稿的空白处另写一篇，表明是在修改稿子，让作者非常感动。当了市评论家协会副主席后，多次组织文学评论研讨会，给众多文学爱好者提供了一个良好的交流平台。他写的评论文章《作家的良心与责任》获得了陕西省首届文艺评论奖，他本人也被推选为省评论家协会的理事。最近他准备出版一部文学集，书名叫《记忆的珍藏》，共四十五万字，汇集了他多年来写的文字，其中有散文、报告文学、戏剧、诗歌、文艺评论等九个部分。这些文字如徐徐的春风，温和，淳朴，让人容易接受，却又如陈年老酒，越品越醇，越久越香。应该说，像他这样具有综合素质的学者型的作家并不多，相信读者看了这本书自会有评价。

第三，他同情弱势群体。在这点上，他和所有有良知的文化人一样，但他又不仅仅停留在同情上，而是分析贫穷的原因，进而指出改变贫穷的路子。在《寄言穷丈夫》一文中他写到："我国是个人口多、底子薄的大国，目前尚有近一亿人还处在贫困线以下，没有解决温饱问题，这一弱势群体包括那些年届而立，上有老、下有小的家庭顶梁柱——穷丈夫们。穷人的生存空间很小，他们无权、无势、无房、无正式工作，仅靠打工挣点钱来养家糊口，供子女上学其艰难是显而易见的。穷是事实，怨天尤人有什么用，莫斯科不相信眼泪，中国大地更不会相信眼泪。《国际歌》说得好，从来就没有什么救世主，也没有神仙皇帝，全靠我们自己。问题的关键在于正视现实，正视财富的巨大号召力，尽快地找到挣钱的路子。一个头脑正常的人应该清醒地知道，这个社会本来就不公平，谁都没有义务给你一大笔钱。要把奋斗的目标锁定在自力更生的基点上，唯一有效的办法是求自己。记住，成功没有快车道，幸福没有高速路，所有的成功都是来自于不断地拼搏与奔忙，所有的幸福都来自拼力地奋斗和坚持。有志气的穷丈夫们，把一切都展现在行动中，有行动的穷丈夫会变成雄赳赳的大丈夫的。"相信读了这些文字的人都会和作者产生共鸣，为改变命运而拼搏。

第四，他充满活力热爱生活。和他在一起的人都会被他的热情所感染，尤其是和他小酌几杯后，他会肝胆相照地掏心窝子和你说话，并不时引经据典，纵横古今，精准的推理，明晰的判断,不由你不点头叹服。说到兴处,他会像小孩子一样,手舞足蹈起来,常常使人笑出泪花。那时你就会和他一样忘了年龄,忘了烦恼,感觉眼前一片光明。他对说话有一套自己独特的见解。在《浅议说话》一文中他写到:"我爱说,每每直抒胸臆,一吐为快,间或激扬文字,慷慨激昂,辛辣刻薄,嬉笑怒骂,恣意挥洒。为此,确招致了不少嫌隙,也注定了我命途多舛,百事不顺,难得尽意。可我天性使然,明知吃亏,吃了不少的亏,总还是爱说,只要活着还得说下去,也管不了那么多。余秋雨、于丹、易中天等在大讲堂上引经据典,论古道今,侃侃而谈,滔滔不绝,引来阵阵掌声。一位知识渊博、善于言辞的老师能巧妙自如地启开孩子们的心灵之窗,赢得敬仰和尊重;一位学富八斗,却满肚子蝴蝶飞不出来的讷言老师,永远也不会赢得学生们的尊重和爱戴。由此看,爱说话、多说话并不完全是件坏事,问题在于你说什么,怎么说。美酒饮到微醉处,好花要看半开时。"

和他在一起,你会感觉到生活是美好的,人与人之间是平等的。他不羡慕权贵,不鄙视贫贱,他更能正确对待自己。在《多一份怡淡达观,寻一份欢乐自我》一文中他说:"严酷的现实生活中,我们谴责庸俗与丑恶,另一方面又不得不随波逐流,很难临风独立。因为命运注定了我们没有能力去改变上天的旨意。于是,或选择外君子而内小人,或圣洁其中而羞辱其外。人活七十古来稀。值得庆幸的是至今我还有滋有味地活着(这也是我生活的最大收获)。缘于沉甸甸的经历,我们这一辈人中的大多数才会有夕阳下的坦然和美丽，才会有生命尽头屹立于沧桑之外的成熟与淡泊，才会练达、宏毅、坚实，摆脱名利负累，步入祥和大度的幽默世界。"

有什么样的人生观，就有什么样的处事方法，"瓜老汉"的成熟、练达、乐观、谦虚来源于他坎坷的经历和丰厚的学识。他所谓的"瓜"其实是难得糊涂的智慧，是一个无极无畏的境界。希望"瓜老汉"的"瓜"得到大家的认可，希望"瓜老汉"的新书得到大家的喜欢，也希望"瓜老汉"永葆年轻心态，越活越年轻，越活越精神。

写在郑智云《记忆的珍藏》一书出版之际

发表于2014年6期《秦都》

不朽的精神财富

最近，我出了一本《老兵不走》的书，以日记的形式记述了我的父亲从生病住院到生命历程结束之时的点点滴滴。病中父亲的一句话，一个手势，一个动作，一个眼神，一声呻吟，都能刺穿我的神经，成为我打捞往事的渔网。我写了父亲一生的坎坷，一生的甘苦，一生的荣光，一生的磊落，一生的两袖清风，一生的正直坦荡。一些老同志读了书后赞扬说："这是一本弘扬正气的书，也是一本传承孝道的书。"

一位老前辈的二女儿，曾担任过西安某企业党委书记的丁晓兰看了《老兵不走》一书后对我说，她的心灵受到强烈的震撼！也许受到我这部书的启发，丁晓兰也想把自己父亲四十年来写的日记整理成册，也想把自己在父亲病重期间写的日记整理出来，作为礼物，在父亲逝世十周年、诞辰九十二周年之际，敬献给天国里的父亲。我对此深为赞同，并答应帮其整理。十年前，我赴临潼参加了这位老前辈的葬礼，他是我父亲在延安时期的老战友，也是后来在劳改系统一起工作过的同事。简朴庄重的葬礼仪式，"丧事从简，不留骨灰"的遗言，使我至今感怀难忘。老人的尊名叫丁嘉峰。

当我拿到这些资料开始梳理时，心灵被一次又一次地震撼着。丁嘉峰老前辈1938年参加革命工作，1942年入伍，在艰苦漫长的革命岁月里南征北战，留下了六十本近五十万字的日记。该日记20世纪40年代在延安"抗大"展出，叶剑英参观后，欣然挥毫题词：向丁嘉峰同志学习！1998年兰州军区政治部编辑并出版了《丁嘉峰日记》，号召部队官兵学习。

小心翼翼地翻阅这些泛黄的日记，我似乎穿越到了那个战火纷飞的年代。抗日志士吃糠咽菜，栉风沐雨，浴血奋战，驱逐倭寇的壮举历历在目，让人感动，使人震撼。从这位老前辈的日记中，我依稀看到了一个老共产党员毕生追求真理，终生奋斗不息，善良宽厚，光明磊落，勤奋廉洁的剪影。令人惊叹的是，腥风血雨的年代，日记的字迹却是那样工整，一笔一画，且不乏文采。每篇日记都拟有标题，内容生动感人，真实可信。

"人民群众是父母"是丁嘉峰同志在1942年5月写的一篇日记的题目。日记中记载了他在游击战中被一位老大娘冒死相救的故事。"我参加当地一个民兵组织的工作，在碉堡如林、岗楼密布的环境里和敌人转圈子——打游击。晚上，我和姓赵的一个同志悄悄溜回村里侦察情况。突然，日本鬼子骑着大洋马出现了，我俩急忙向村东街口的一个小胡同里跑去，后边汉奸和伪军边追边喊。为了分散敌人的注意力，我俩分开行动。我跑到一个老乡家里，这家刚死了人，全家披麻戴孝，正围着一口棺材痛哭。正当我不知所措时，一位老大娘将她头上的孝帽给我戴上，拉我跪下，并说'敌人问，就说是我的二儿子。'就在这时，汉奸领着鬼子进院了。他们抓住老大娘的衣领，用刺刀逼着她，'把八路藏到哪里去了？不交出来就宰了你！''没有！'老大娘坚定地说。几个穷凶极恶的鬼子用枪托对老大娘一顿乱打，直至她昏了过去。鬼子又用冷水把老大娘浇醒，老大娘始终不吐一个字。我心里难过极了，好几次都想冲上去与鬼子拼个你死我活，但都被身旁的一位中年妇女按住。鬼子走了，我赶忙跑过去跪在老大娘的面前，轻轻地叫着：'大娘！大娘！'老大娘慢慢地睁开眼睛，望着我嘴唇动了动，很快又昏了过去。人民群众是我的再生父母。在以后的战斗中，我发誓为人民英勇杀敌。"

在延安抗大时期，丁嘉峰同志用十年的时间写下了大量日记，详细地记录了在延安"自己动手，丰衣足食，开展大生产运动"的真实情况。造纺车、学纺线、开荒种地、打窑洞、盖房子的场景似乎就在眼前。

1947年5月到1948年6月，他用九十二篇日记完整地记录了他在陕甘宁晋绥联防军政治部做收容、管理、审查、教育释放战俘的工作，真实地反映了西北解放战争中没有硝烟的第二战场的工作特点，是研究、总结我军俘虏工作难得的珍贵史料。

20世纪60年代中旬，丁嘉峰同志和许多老同志一样，被诬陷为叛徒、特务，开始了无休止的外调、政审，这种审查持续了近二十年。人一生有几个二十年啊！年富力强的他，在最美好的时光里赋闲在家，漫长痛苦的等待，他究竟在想什么呢？在1980年5月2日的日记里他写到："军区独立师组织科干部拿着组织对我的结论材料来家探望，结论是：经组织外调审查，丁嘉峰同志目前为止未发现被俘情况。让我签字，谈谈感受，说什么呢？我一句话也没说，我不知道说什么，二十年，一个人为党为革命工作的激情，一个人受党教育多年的宝贵经验，一个人一生中最宝贵的精力，都随着时间的流逝一去不复返了。我没有倒下，还相信组织、相信党，比起许多'文革'中被整死的老干部，我算幸运的，起码还健康地活着，还让我享受干休所的待遇，我知足了。"这个老党员在特殊的年代里受到了迫害，但却默默地忍受着。他始终相信党、相信组织，在离休的岗位上发挥着余热，这是多么坚定的信念在支撑着他！干休所的所长、政委谈起了他，都赞不绝口，说丁政委是干休所最通情达理，最宽容慈祥的老人。他是宣传报道组组长，是传统教育编写组组长，多年来整理资料几大摞，几十万字，去过的学校、工厂、政府部门不计其数。连续几年都被评为干休所先进离休干部。他对子女要求严格，五个孩子中，有三个在单位都是领导干部，两个在部队锻炼成长，家庭多次被评为兰州军区五好文明家庭。

老前辈们已经离我们而去了,但他们留下的精神财富是永恒的,宝贵的。读了丁嘉峰同志的日记,对当下思想迷离、意志衰退、无所适从、追求奢靡的人无疑是一剂清醒剂。那些大老虎、小老虎、苍蝇蚊子们在他们面前又是多么苍白渺小。历史的丰碑上将永远记载着他们的功绩,他们留下的精神财富将一代一代传下去。

(《老兵日记》一书的序言,写于2014年12月5日)

乔老师出车祸了！

"我是你乔老师……我被车撞了，在……医院里。""哪个医院？快说，我去看您。""在铜川市医院……嘟，嘟，嘟……"一个陌生的电话号码，一个嘶哑的声音断断续续从电话那头传来，没说完就断了。

我急忙叫上司机，往铜川市医院赶去，往事一幕幕涌上心头。

乔老师是我初中时的班主任老师，兼带物理课，名叫乔迁峰，因为眼睛长得大，于是，一些调皮学生就给他起了个绰号叫"乔大眼"。他似乎对这个绰号特别反感，经常批评给他起绰号的同学，有时候还故意给他们找茬，被找茬的学生就自暴自弃，自然就成了落后生。乔老师越是在乎这个绰号，同学们就越叫得欢，后来全校同学都叫他的绰号，大家似乎忘记了他的真名。我属于学习中等的学生，也出过不少坏主意，比如上自习课时，组织学生钻防空洞，名曰"学习防空知识"；上体育课时，我把老师让围着操场跑圈，改为在县城街道里长跑，名曰"学习解放军拉练"。因为我是班长，乔老师的大眼睛经常视而不见，从来不批评我。后来我上了高中，乔老师也因家在农村，要照顾老婆孩子，就调到了离县城较远的家乡所在地的公社中学去教书了，这一别就是许多年。高中毕业后，我插了队，当了工人，又到县政府当了秘书，这期间我和乔老师没有联系过。

一天，我正在办公室上班，值班室打来电话说，有一个农民要见我。我心想，肯定是插队所在村里的农民。我参加工作后，村里的农民经常来找我，孩子上学、家人住院、邻里纠纷之类的事情都找我帮忙。他们认为我在"衙门"工作，好赖是个"官"，我也觉得有成就感，一般来者不拒，整天忙忙活活，有日理万机的感觉。妻子戏说："你比县长还要忙。"我说："县长也是人当的！"

当我急匆匆赶到值班室时，见到的却是乔老师。他剃了个光头，身穿老棉袄，肩背黄挎包，脚蹬解放鞋，一看就是个地地道道的农民，只是那双特有的大眼睛立刻让我叫出了："乔老师！"我把乔老师热情地迎到了办公室，边喝茶边聊天。交谈中，我知道乔老师还在乡下中学教学，月工资五十八元，是个"一头沉"（家里其他人都是农村户口）干部，一个人的工资要用于全家七八口人的开支。交谈中，我看见乔老师不时地唉声叹气，就问老师遇到什么困难了吗，最终他支支吾吾地说："到你这里来是万不得已了。"万不得已？不会是借钱吧？我心里想。千万别提钱的事，我喜欢帮人办事，主要是出力跑腿，提起钱，我真是囊中羞涩啊！当时我的月工资只有三十三点五元，同事们戏称是"咪咪嗦"。我睁大眼睛看着老师，乔老师的大眼睛眯成了一条缝，他低着头喃喃地说："儿女大了，家里要盖房子，砖瓦备齐就差木料了，买木料需要三百块钱，我准备了一百五十块，还差一百五，你能借我吗？"果然是钱的事，我一听，头大了，脸也通红了，也开始支支吾吾了。一百五十块！是我近五个月的工资啊！我说："这事……我想想办法吧。"说完，我到值班室给在工厂上班的妻子拨通了电话，说明了情况，问妻子存折上有多少钱？妻子说只有一百块，还存了定期。不过她告诉我说，家里衣柜里有二十块钱。我从衣柜里找到钱，急匆匆回到办公室，看着满怀希望的乔老师，不好意思地把钱递给他说："只有这么多，你拿回去用吧。"乔老师见我只找到二十块钱，失望地摇了摇头说："算了，本以为找你可以办事，没想到你也困难，我另想办法吧。"说完把钱还给了我……乔老师走后，这件事一直像石头一样压在我的心上，临别时，他那无奈、尴尬、沮丧的神情在我脑海里久挥不去。

半年后，乔老师家里的房子盖好了，消息是我初中同学张耀虎告诉我的。张耀虎初中毕业后回乡劳动，改革开放初期，他贷款成立了一个小型基建队，几年工夫就成了远近闻名的暴发户。

他告诉我，当他听说乔老师盖房遇到了困难，立马买来木料，组织工队，亲自帮老师盖起了四间厦房。老师感动得逢人就夸奖他，说是他当年最瞧不起的学生却在最关键的时候帮了他最大的忙。听完他的话，我内疚无比，我后悔当时怎么没有帮老师想法筹措点钱呢？哪怕凑够一百块也行啊。

如果说张耀虎的叙述让我内疚的话，那么后来发生的一件小事情就使我无地自容了。那年秋天，我和单位的同事去商洛出差，当地朋友热情地请我们看了一场商洛花鼓戏，戏名叫《小官小贩小教师》，剧情大意是：一个老教师为给一个砍柴时摔下悬崖、生命垂危的学生筹集医疗费，先找到他认为最有出息、在政府当了科长的学生白某。谁知白某却找出种种理由予以推脱，置老师于难堪的境地。老师在百般无奈之下，只好卖手表筹钱，最终在一个靠卖老鼠药度日的小商贩学生的支持下，筹到了救命钱。跌宕起伏的剧情，幽默辛辣的语言，感染了观众，大家时而抹泪，时而欢笑，唯有我面红耳赤，如芒在身，好像剧情是针对我写的。几十年来，我看过无数戏曲节目，剧情内容早都忘得一干二净，唯独这个戏名和内容我牢牢记到了今天。

医院病房里，乔老师头上缠着绷带，腿上打着石膏，医生说主要是大腿骨折了，其他地方是擦伤，没有生命危险。乔老师告诉我说："给你打电话，主要是想让你找一找交警队的人，不要让他们偏刃斧头砍，咱老百姓只求讨个公道。"我得知乔老师是骑着电动摩托车出门时，被飞速行驶的小轿车撞了，处理肇事的是当地交警部门。交警队的领导曾经是我当年的同事，我相信他们不会"偏刃斧头砍"的，但我还是答应老师一定找熟人帮忙。我还向老师表态："今后有什么事情需要帮忙只管说一声，我会全力以赴去办的。"乔老师有气无力地说："不到万不得已我是不会求人的，看到你们事业有成、家庭幸福我就满足了。"

又是"万不得已"！我眼睛湿润了，双手紧紧握住老师瘦弱的手，久久不肯松开，似乎这样方能减轻我多年来的愧疚心情。乔老师已经七十多岁了，当年的大眼睛已经深深陷入眼眶，没有了昔日的光彩。此刻，我仿佛看到了即将燃尽的蜡烛，跳动的火苗在秋风里摇曳，随时都将熄灭。我握着他的手，就好像在捂着一束奄奄一息的火苗，心中默默地祈祷：老师赶快康复吧，我还等着报答您的恩情，弥补我的歉疚呢！

发表于2014年12月《陕西交通报》

洗净浮华 淡守流年
——陕西美协卓信艺术家档案人物白芳君

白芳君，原名叫白芳军，出生在一个军人家庭。她从小接受着正直、诚实、传统的家庭教育：走路抬头挺胸，办事干脆利落，为人坦诚豁达，工作一丝不苟。从小学到中学，她的各科作业都写得工工整整，经常作为范本进行展示。

她当过知青、工人、警察，不论干什么工作，漂亮的书法总能为她增色添彩。那年月，她所在生产队的黑板报，工厂里蜡板刻印的简报，都出自于她的手。

1982年，县公安局招收警察，其中男性八名，女性两名。在几百名应聘青年中，她竟然脱颖而出，理由是：书法出众，文字优美。在从事办公室文秘工作时，大街小巷的"公安告示"都是她用毛笔一张张写出来的。县政府门口的法制专栏，是公安局对外宣传的重要窗口，每周都有新的内容，专栏上隽秀的板书，生动的插画，新鲜的内容吸引着县城的老百姓。人们常常围在她的周围，看她的字，看她的人。"公安局的警花来了。""字和人一样美！"啧啧称道声使她感到自豪骄傲。时间久了，每当她办专栏时，都会有人帮她搬凳子，擦黑板。

在县公安局工作期间，白芳君当过秘书，干过户籍警、预审员，当过政工科长、公安局副政委。担任副政委时，她组建了全省第一个警乐队，并担任指挥；组织了全省公安系统篮球比赛和手枪射击比赛。

由于白芳君在文字和组织活动方面的才能显著，上级公安机关组织的各种大型文体活动，时常抽调她参与组织和策划。1992年，她被调到市公安局工作，担任过政治部副主任、工会主席、机关党委书记，2011年荣升为三级警监，步入高级警官行列，是铜川市公安机关历史上第一个女性高级警官。

2011年，白芳君离岗，随丈夫来到了西安。在朋友的鼓动下，她到陕西省美术家协会《陕西美术》杂志社担任编辑。在这个全新的行业里，她突然感到了一种久违的默契和兴奋。周围老师们的艺术才华使她震撼，令她感慨，她像个求知欲极强的孩子一样，恨不得把五彩斑斓的绘画世界全部搬进自己的脑海。她知道要当好编辑就必须成为内行，起码要成为圈内人，于是她不放过任何学习的机会，她深知"锲而舍之，朽木不折；锲而不舍，金石可镂。"因此，她平时除了向接触到的诸多老师们讨教外，还报名参加了第二十九期骊山美术创作培训班的学习；再后来，她被中国画院国画系高研班录取，师从于新文人画派领军人王孟奇老师。正是她这种不服输的精神，持之以恒的精神，坚持不懈的精神，使她在绘画的路上越走越远。

在她看来，画画不仅为了工作，也是一种精神享受，"因为这是我心灵所向，是心迹的洒泼，是个性的自然流露。"她听老师的指导，从画花鸟起步。她认识到花鸟画在繁杂躁动的现代生活里仍然有很大的社会基础。她抓住每一次机会深入社会，在生活中孕育创作的激情，到大自然中发现创作的灵感。那些平凡中的物象，经她之手便有了灵气，笔随意变，渗透着她的情感。她生长在黄土高原，她把黄土高原上的柿子搬到了纸上，并注重了境界的营造和诗意的表达。著名作家安黎评价说："白芳君绘画，最先选取的对象是土塬上的柿子，这与她做人的理念很是合拍。柿子作为土特产，历来不被文人雅士看在眼里，但它不抱怨，不鼓噪，不喧哗，不张扬，默默地奉献于人。柿子的身上，呈现着一种美德：朴实无华，但心肠温热。"

在当下这个浮躁社会，白芳君是努力的，她摒弃浮躁，踏实进取，工作之外，全都扑在了绘画上。功夫不负有心人，她的二十余幅绘画小品被《老兵不走》一书选用为插图；还有多幅小品被北京、上海、成都、青岛等地的单位和个人收藏。她的书法作品参加了第二十七届世界佛教联合大会当代中国书画名家精品展。2015年参加了省美协组织的"回望骊山"纪念"三八"汇报展，其中一幅作品获得了优秀奖。

白芳君在日记中写到:"人生无须太多浮华,保持一颗淡定的心,不骄不躁,慢慢去经历追思立志,进取拼搏,而后看清自己之前所经历的一切,在最后回首的刹那,会发现自己一直寻找的东西就在那里,这便是我人生最圆满的境界。人一辈子总要踏踏实实地做好一两件事,绘画将是我在晚年要做好的最重要的一件事情。"

　　我们相信她能够成功,因为她洗净了浮华,有一颗淡定的心。

2015年1月5日为陕西美协卓信艺术家档案撰稿

士别三日当刮目

吕峻涛到省城工作已经两年多了,他由铜川市文联主席职位上调任省美术家协会党组书记。

前几年,省美术家协会在省文联的专业协会中着实不够景气,由于种种原因,二十四年没有换过届,错失了很多发展机遇。悠久的历史和特殊的区域优势,确定了陕西毋庸置疑成为文化美术大省的地位,史上人才辈出,成就不菲。外地有人开玩笑说,到西安城墙根转,看到八个老汉晒太阳,一打问,七个都是画家或书法家;一个老汉在打盹,一问,是他们七个的老师。陕西的文化底蕴的确不浅,特别是十三朝古都西安,更是人才济济,精英荟萃。到书院门一看,写字画画的比比皆是。一幅很美的作品,几十块钱就可以拿走。也有模仿名家的作品,功底深厚,足以乱真。逼得一些名家赠送作品时,要附带一张作者和作品的合影照片。你若是有一官半职的公家人，即使不喜欢书画，几年下来也能弄到些许美术作品，熬到退休没准被熏成半个美术家，我熟悉的许多离退休老干部就都有两把刷子。据说西安的老年大学每年都能培养出优秀的美术人才，可能与他们本身的美术功底有关吧。的确，陕西的美术人才不少，但多是散兵游勇，游离于民间乡野，各自为战，自我感觉良好，没有形成气候，缺乏一种精神，好似没魂的秦俑，敦实厚重却没灵性。近些年的国家级书画比赛，很少有陕西的作品获奖，世界级参展或获奖陕西就更为鲜见。过去听说过长安画派，那些耳熟能详的名字妇孺皆知，现在还是靠他们支撑着陕西的门面。难道陕西美术界后继无人吗？不是人才济济、精英荟萃吗？没错，不是后继无人，而是在许多名家以个体身份享誉画坛的时候，陕西画家的群体意识却日益模糊，没有有效地组织、引导、提炼一种精神，也不注意培养和发现新人。几十年来，陕西美术家协会这个组织似乎也被人们淡忘了。

　　峻涛调任前，我们喝了离别酒，席间有人说，美术家协会是个不景气的单位，无职无权无地位，要调就调个好单位。大家顿时无言。我感到了冷场，就借酒性发挥了几句，说事在人为，有为才能有位，人生能有几回搏？天将降大任于斯人也，必先苦其心志等，峻涛听后频频点头，一口干了个满杯。

　　时光匆匆，一晃就是半年。一天《陕西日报》突然用一个整版刊登了陕西美术家协会换届的消息，我仔细阅读了这则消息。

我为陕西美术界高兴，我为峻涛高兴——我知道他组织和参与了换届工作，我也听说了换届工作中的曲曲折折，我看到了涅槃后的新生和希望……

去年峻涛给我送来一份请柬，邀请我参加省文联的一个会议。我一看是省美术家协会组织的大型募捐和颁奖晚会，地点在西安人民大厦，宋祖英、阎维文、水均益等人都前来助阵。那天，陕西美术界的近百名画家云集，名家作品千姿百态，色彩纷呈。各界人士、企业家们纷纷登台捐款，现场气氛热烈。不到半小时，主持人宣布："陕西美术发展基金会接受捐款已达两千三百万元。"一时间，掌声雷动，经久不息，我顿时感到了一种气场，一股力量，这股力量将推动陕西美术界摆脱困境，走出陕西，走向世界。这天的峻涛西装革履，跑上跑下，疲惫劳碌的面容上流露着成功的喜悦，他已经完全融入到他所喜爱的美术事业中去了。

去年春节，峻涛给我送来几本精美的挂历，均是水墨山水画，每幅画都配有诗文。当他告诉我说诗画都是他的作品时，我大为吃惊。先前我知道他爱好文学，出版过小说、散文、评论集，是较早的中国作家协会会员。较有影响的作品是两年前写的一篇题为《西部性贫困调查》，此文发表在《中国作家》杂志上，获得广泛关注和好评。文章标题是编辑修改的，原标题是《守望的小村》，作品通过对西部一个水、电、路都不通的几乎被人们遗忘的小村的描写，期望唤起有关方面的重视，力图使小村尽快摆脱贫穷。文章倾注了作者大量的心血，反映了峻涛的平民情结和做人良知，我还为此文写过评论。看着眼前的挂历，诗文是他写的我相信，他又怎么会画画呢？后来，我参观了他的画室，才相信他真的具备了画山水画的能力，可见他到省美协后是多么勤奋和努力。今年初，我调到了新的单位工作，他看我办公室光秃秃的没有装饰，就主动给我画了一幅秦岭山水画。我对国画一窍不通，一天，一个资深的行内人士评价说这幅画气势恢宏，意境深远，具有收藏价值，并问我是怎样结识这位画家的。我介绍了峻涛的情况，说他是个新手，写文章行，画画刚入门。这位行家说："画画不在时间长短，关键在于悟性。文学和书画是相得益彰的，有文学底蕴、有生活阅历的人如果勤奋好学是会创造奇迹的，陈忠实、贾平凹就是例证。"这下我对峻涛刮目相看了。

中秋节假期，我打算约峻涛相聚，可打了几天电话都是关机，后来通过新闻媒体才知道，他和刘文西、王西京等美协领导随团赴俄罗斯举办画展去了。这次画展是应俄罗斯国际文化项目局邀请的，主题是"长安精神"。展出了陕西十六位著名画家的一百四十多幅作品，把一个古老而文明的陕西展现在俄罗斯人民面前，也是老陕第一次组织如此庞大的美术团队迈出国门，引起了巨大反响。特别值得一提的是，正在俄罗斯访问的全国人大常委会委员长吴邦国一行也参观了展出，并给予了高度评价。我看着王西京、吕峻涛等人和吴邦国委员长的合影对峻涛说："这下美协牛起来了。"峻涛却笑笑说："陕西美术才刚刚起步，前面的路子还很长很长，只要大家团结一心，九牛爬坡齐出力，陕西美术界才能真正'牛'起来。"峻涛总是这么低调。

写于2011年11月

找保姆是个技术活

一天，母亲突然对我说："想买一个保险柜。"我问母亲买保险柜干什么？母亲说："防贼！"

母亲一向小心谨慎，虽然八十多岁了，但耳不聋，眼不花，脑子还特别清醒。过去，她一直和父亲住在一起，前年父亲去世了，我们兄妹劝她轮流到我们家里住，可她舍不得家里的坛坛罐罐，更离不开陪伴了她几十年的床铺，说一挪地方就睡不着觉。还说"七十不留宿，八十不留餐"。孝顺孝顺以顺为孝，依着她就是最大的孝顺。为了照顾母亲的生活，我们兄妹轮流回家住，还为她找了保姆。

找保姆可不是个简单活，按照母亲的要求就是：人勤快，身体好，有礼貌，合脾气。去年春季，大妹妹在小寨一个家政公司给母亲找了一个保姆，看上去四十多岁，人长得也精神，说好工资，让妹夫开车送到了母亲家。

第二天一大早，母亲打来电话说："你给我另找个保姆。"我问："怎么了？"母亲说："这个保姆是小儿麻痹症，走路一瘸一瘸的。"我告诉母亲说："瘸点不碍事，残疾人找点事不容易，只要身体好、人勤快就行。"母亲说："不行，在院子里扶着我走路，她瘸一下我也晃一下，别人还以为我是瘸子呢。"

母亲一生爱干净、好面子，穿衣打扮从不马虎。十多年前的一天，她去商场买衣服，仔细挑选后，看上了一件上衣。她让服务员拿来试试，服务员看了看她说："这是年轻人穿的衣服，你这老太太不合适，再说这高档衣服你也买不起。"母亲听后自尊心受到了极大伤害，她决定要买下这件衣服，可一问价钱，两千多元呢！的确也太贵了。憋了一肚子气的她回到家里，当天就给中央领导写了一封信，标题是《呼吁全社会尊重老年人》，信中叙述了买衣服的事情，署名是：一名老共产党员。我理解她的心情，说老年人的确需要全社会的理解和尊重，但中央领导要管的事情太多了，这封信我可以替你寄给老龄委或《金秋》杂志社……

看来，母亲这样的老人，眼里是容不得一点沙子的，对人对事一点儿也马虎不得，受到尊重比得到关心还紧要。这一点与她年轻时没有丝毫的差别。

这次妹妹为她找的保姆不称心，我知道她会很纠结，于是立即又在另一家家政公司找了一个保姆。找保姆时，我仔细打听了保姆的身体状况和从事家政工作的经历，并特别留意了她走路的姿态。母亲似乎对这个保姆很满意，逢人就夸我，说儿子会找保姆，考察得仔细，找的保姆勤快、热情、脾气好、身体好。

可是，保姆到家还不到一个月，母亲又给我打来电话说："你赶快回家一趟，你小妹妹已经到家了。"我不知道发生了什么事，匆匆忙忙赶回了家。到家后，母亲把我们叫到卧室，神情紧张地说："出大事了！你找的这个保姆是个贼。"我说不要急，慢慢说。妹妹到厨房打发保姆去菜市场买菜了。母亲走到客厅，边比画边说，前几天，她心爱的一个玉手镯怎么也找不见了。问了保姆，保姆说从来就没有见到过。母亲心想：家里平时就她和保姆两个人，手镯怎么能不翼而飞呢？于是，她有意识把一个金戒指放到卫生间的梳妆台上，第二天又不见了。母亲证实了自己的判断，她把保姆叫到卧室，晓之以情，动之以理，好言相劝，让交出拿走的东西。可保姆坚决不承认，可谓"贼没赃硬如钢"。妹妹说："这好办，先看看她的手包。"于是妹妹到保姆房间打开了保姆的手包。好家伙！我们都惊呆了，手包里有好几个手镯，还有金戒指、金项链、金耳环和十几枚不知道是真还是假的有袁世凯头像的银元。母亲一眼就认出了她的手镯和金戒指。

保姆进门了，妹妹严肃地指出了她的偷窃行为。令人没有想到的是，这个保姆竟然反问妹妹为什么要翻她的包？说妹妹是侵犯人权。我还真没见过面对赃物还"硬如钢"的贼，就对妹妹说："那就交到派出所去处理吧！"保姆一听慌了神，连连承认自己的错误，说就拿了母亲的一个手镯和一枚金戒指，其他东西是她自己的。我知道肯定也是在其他地方偷来的。

　　我到家政公司辞退了这个保姆，并说明了情况。家政公司经理又给介绍了一个五十岁左右的中年妇女。这回，我不敢马虎了，我像公婆找儿媳妇、丈母娘挑女婿一样，仔仔细细打量这个保姆。公司经理悄悄对我说："贼脸上不会刻字的，先领回去吧，倒霉事情不会总让你妈遇上。"

　　从此，母亲心里有了"怕贼惦记"的阴影，把自己认为值钱的东西全部锁了起来。如果出门，一定会先锁好房间的每个门，然后再锁外面的门，像个仓库保管员，身上总揣着一大串钥匙。这次她提出要买保险柜，也是"怕贼惦记"的阴影在作怪。

　　母亲年老体弱，做儿女的想着给她找一个能照顾饮食起居的保姆伺候着，让她生活上有个照应，平时有个聊天的，不至于太寂寞，我们也就稍稍心安了。可找来找去她都不甚满意，甚至引进了贼，害得母亲身上总揣着一大串钥匙，有了"怕贼惦记"的心理阴影，给她添了堵。仔细想来，母亲耳聪目明，思路清晰，要求保姆符合她对人品、个性、行为的要求，这本来很正常，可要完全达标就是一件难度较大的活。做保姆的人虽然很多，可素质参差不齐，且知人知面不知心，要找一个合脾气的称职保姆还真不是一件容易的事，这个也不知怎么样，先试试吧。

　　看来在家政市场不规范的当下，找保姆还真是个"技术"活。

发表于2015年5月《陕西交通报》

童真童趣的真诚
——《童真童趣》日记序言

一口气读完了荆丹淇小朋友的十几篇日记，几年前活泼好动、嘴巴不停的"小不点"形象立刻出现在我的眼前。

从呀呀学语起，我就认识她和她的父母，孩子的每一句童言趣语都会让大人们兴奋一阵子。我们很是为孩子金子般的童心感动，被天籁般的话语打动。我当时就夸她是同龄孩子中的"小精灵"。

这些年很少听到她那脱口而出的妙趣横生的语言了，是呀，孩子已经长成一名二年级学生的大孩子了，原来的只言片语变成了篇篇小文，里面记录了孩子每日的心情心得，记录了生活中的所见所闻。

日记里有学校生活，暑假旅游体验；有描写父母的，有记录同学的；有写小猫、小狗的，也有记录自己换牙了，说话漏气等等小秘密的。孩子用童心将所见所闻、知识和想象付诸文字，篇篇都是童真实话，没有一句世俗言语，真实地记录着自己成长的脚印。

在写要上小学二年级的心情时，用了"高兴、好奇、无奈"三个成人语气的词组，把开学前的心理活动描写得真实可信，耐人寻味。写到无奈时她说："即将开学了，我们又要进入到紧张的学习中了，每天上课、放学、写作业、睡觉像打仗一样。我多么希望有这样一个学校，每天上半天课，玩半天，晚上还可以看动画片、玩游戏，那该多好呀！我想变小，回到幼儿园的生活，不想长大。"童真稚气跃然纸上。在《姐姐来了》一篇中写到："我很喜欢姐姐，一直跟在她屁股后面转悠，但姐姐不太理我，她说我有多动症。还有一个有趣的事情，就是妈妈要带着姐姐去减肥，我看姐姐不胖还要减肥，唉！也不知道大人是怎么想的。"多么典型的儿童思维。她观察事物仔细入微，描写小狗约克时写到："它聪明伶俐，听力非常好，一有动静耳朵就竖得高高的。晚上它的眼睛会发出绿色的光。每当我们带它出去玩的时候，它就兴奋地跳跃；我们不带它玩，它就会生气地钻到桌子底下。"

日记中还有她自己画的十几幅插画，有临摹的也有创作的，稚嫩中透着灵气。读着这些小文，看着那些插画，我不由得为孩子的快乐进取，为她的长大而高兴。也许这本"书"的读者只有寥寥几个，但它也是小有厚度、有意义的。童心童趣能使人童心永驻。成年人在浮躁的环境中待久了，往往会失去自我，迷失方向，读一读孩子们的作品，有时候也能汲取营养，享受快乐，返璞归真。

写日记是个好习惯，既能记录事件，又能练习文笔，是一种思想的积累，生活的积累，语言的积累，感情的积累。《徐霞客日记》显现着徐霞客三十多年探索大自然的艰苦历程。竺可桢一生写了四十多本日记，那是他科学研究工作的真实记录。著名的《雷锋日记》，则清晰地显示出雷锋向崇高精神境界攀登的足迹。坚持写日记，可以使我们把读书和作文，学习和记忆，观察和思考，模仿和创造有机地结合起来，是提高写作能力的一条良好途径。在青少年的学习过程中，日记往往可以看作是与个人成长密切相联的生活体验式作文。

荆丹淇的日记写景、写人、记事、抒情，情景交融，合情合理，初见功力。除自身勤奋努力，善于观察思考外，也与老师、家长的教育引导有关。愿丹淇小朋友在完成功课的前提下，继续努力，坚持写好日记，把自己的所感所悟与同学们共享，与大人们共享。

我眼中的马士琦

马士琦是名警察，但同时也是个书法家。

他出生在耀州一个知识分子家庭，算是书香门第。在那个不重视文化艺术的年代，他在家庭的熏陶下，十几岁就写得一笔好字。学生时期，他负责办学校的黑板报，工整漂亮的板书，常令同学们驻足欣赏。刚参加工作，是乡村电影放映员，画海报、写横幅、制作幻灯片，他的书法就派上了用场。加上他谦虚好学，勤奋努力，博采众长，很早就在当地小有名气。当年，耀州下放了许多文化名人，像梨园学创始人、中华梨园学会会长、诗人、剧作家李尤白、著名版画家修军等，马士琦都虚心拜访求教过，对士琦的文学和书法造诣皆有很大帮助。

马士琦乐于助人，不求回报。在拜金主义盛行的当下，特别是书画市场乱象丛生，没有尺度，没有标准，雅贿盛行的时期，马士琦始终保持着清醒的头脑，从不跟风，从不谋私。就是受邀为企业、为会议、为文化活动书写条幅，也是只收取少量的笔墨费用。20世纪90年代，他为耀县药王山"二月二"庙会举办了一次书法展；"非典"期间，他参加了书法义卖活动，还为铜川市人民医院义务书写了几十幅书法。一些作家慕名而来，求他题写书名，他都会欣然允诺，不要报酬。朋友家有婚丧嫁娶之事，只要有求，他定会鼎力相助，满足要求。春节前为朋友、为邻居、为群众、为单位书写对联，常常通宵达旦，虽疲惫不堪，但笑容满面，可见这种付出是他的一大乐事。

除了书法，他在业余时间还写评论、写散文、写杂文、写诗词、写对联，还写故事、讲故事。他涉猎的范围很广，均有一定成就。他为小说《东望长安》《立马中条》《大虬》《川子沟》等写的评论，在媒体刊登后反响很好。他写的散文《胡耀邦在铜川》字数不多，却把一个正直、求实、幽默、亲民的胡耀邦同志活灵活现地展示给读者。我联想到，目前在领导干部中进行的"三严三实"教育活动，胡耀邦同志的这种求实精神，不正是这方面的榜样吗？

唐代大书法家柳公权是耀州人（古时候叫京兆华原），柳公权的书法理论其实就是一句话：心正则笔正。这也是柳公权对唐穆宗的委婉谏言，史称"书谏"。马士琦也是耀州人，他的书法既然博采众长，那是否也会得唐代乡党的真传呢？我想，答案是肯定的。他的书法作品数十次在海内外参展，并获过大奖，报纸、杂志也经常刊登，而且还被许多纪念馆、展览馆、图书馆收藏。我在药王山的一个古建筑上，曾看到过一副马士琦书写给他父亲马伯慈老先生的撰联，内容记不大清楚了，但浑厚洒脱的字体，给我留下了深刻的印象，至今难以忘记。

一方水土养一方人。黄土高原的秦人，素有忠厚、刚正、直爽、豪迈的秉性。耀州人氏马士琦，为人直率也是多数人感同身受的。他说话从不会拐弯抹角，一是一，二是二。我的一部小说出版后，常常给人题字赠书，别人都会夸赞说："一笔好字啊！"但他看见后会很遗憾地摇摇头说："字还是没有提高啊！"我的一个同学出了一本散文集，他仔细阅读后，非常诚恳地指出了多处差错。我们当时都感觉有些唐突，甚至觉得他有点儿较真，但过后都深表赞同，因为他的"较真"是以学养为基础的，而且是一片好心啊！

警察的职业是紧张、艰辛和神圣的。马士琦能在这个岗位上，利用业余时间取得诸多艺术成就，除了他自身的勤奋外，一定有一个支持他的领导班子和一批支持、认可他的同事。我为他有这样一个重视文化、尊重艺术的良好氛围和环境表示由衷的羡慕和高兴。

今天的马士琦，拥有中国图书评论学会会员，全国公安书协会员，陕西省书协、作协会员，王羲之研究会研究员，三秦国学书画院常务副院长、西安金盾书协副秘书长、灞桥区书协副主席等十多项职务。这些标签不是他满足的资本，而是他前进的动力，也是对他艺术成就的肯定。他虽已年过五旬，迈向耳顺，但对于从事书法艺术之人，正乃如日中天，因为任何艺术成就都有一个积累、历练、成熟的过程，不是一蹴而就的事情。他的艺术生命正值青春年华，可以创造出更多更好的作品。当然，在博采众长之时，他也会觉察到自身的不足之处，寻找更大的提升空间。相信他一定会在书法艺术和文学创作方面取得更大的成就。

他有这个实力，他会走得更稳，更远。

发表于2015年7月《陕西日报》

残缺的墓碑

时间过得飞快，一眨眼，叔父去世一周年了。

去年的新坟上已经长满了荒草，穿孝衣的孝子们先是清除杂草，然后整理坟茔，再摆放祭品，点燃香火蜡烛和纸钱。堂弟边烧纸边说道："在那边不要太亏待自己，该吃就吃，该穿就穿，给你的钱多的是……"就像和活着的父亲说话一样。其他孝子们，有说有笑，全然没有了去年的悲痛。

一年间，叔父的坟茔旁边又添了几座新坟，若不是堂弟指引，我们是找不到的。于是我问堂弟："是否应该立个碑子？"堂弟回答说："按照农村的风俗，一般是三年的时候立碑子。"我说，城里人好像没有那些讲究，老人去世后，买下墓地立刻就立碑，若是双人墓穴，给健在的一方也刻上了名字，只是会用红布遮挡起来。

残缺的墓碑

祭奠完叔父，我们又去了不远处奶奶的坟茔。奶奶已经去世三十年了，矮小的坟茔加上矮小风化的墓碑，显得那样的沧桑凋零和孤独。我用手抚摸着只有秦砖般大小的墓碑，隐隐约约看见上面刻着奶奶的名字和立碑人——她的两个儿子——我的父亲、叔父的名字。叔父的名字不知道什么时候被什么人铲掉了，只能看到半个"蒲"字。一种无名的酸楚立刻涌上了心头。父亲是两年前去世的，叔父第二年就走了。生命，像一树花开，或安静或热烈，或寂寞或璀璨，但最终是要凋谢的。看到燃烧殆尽的纸钱，我想到了灰飞烟灭。在岁月的长河中，有多少生命，前仆后继，续写着或激昂或平凡或辉煌或贫贱的人生。活在当下的人，为了生活，为了心里的那一点不平衡而长吁短叹，常常会发出人生苦短的感叹，但又不知道如何珍惜当下。

父亲十四岁那年离开家乡，北上延安参加了革命。二十岁时，受组织委派，和一伙年轻人组建了西府游击队，在家乡一带打游击。父亲常说，那时候是把脑袋别在裤腰上。二十五岁，新中国成立了，他又离开了家乡，转战陕南陕北，后来就很少回家乡了。

时间或许会让曾经蒙上尘埃，但却不会风化那些鲜活的记忆。十年前，年过八旬的父亲和七十岁的叔父，领着我们给奶奶上坟的情景又浮现在眼前。

那天去的人很多，由于道路狭窄，我们用架子车拉着父亲去上坟。父亲记忆力很好，他指引着我们找到了奶奶的坟地。堂弟清除了杂草，摆上了贡品，点燃了纸钱。父亲弯下腰，仔细抚摸着残缺的墓碑，陷入了沉思。叔父急忙扶起父亲说："不知道谁家的孩子发瞎哩，把我的名字铲掉了。过了年，立个新碑子。"父亲站起来，笑了笑幽默地说："新碑子就不立了。为什么铲掉了你的名字？说明你得罪人了；为什么保留了我的名字，说明我打游击解放了他们，人要多干好事啊！"大家听后哈哈大笑起来。我知道父亲是在开玩笑。

叔父是个老实巴交的农民，一辈子为人善良厚道，从没做过伤天害理之事，也没有当过村干部，连得罪人的机会都没有。"文革"那几年，好像当过几天村革委会副主任，那是两派斗争时，叔父保持中立，被结合进了班子，十几天后又被免掉了，理由是他把红卫兵的袖章戴在了右臂上，说他是右派。墓碑上名字的残缺是风化还是铲掉无从考证，我想这一定与得罪人无关，于是我对父亲说："叔父才不得罪人哩，墓碑残缺了就立个新的吧。"父亲摇了摇头说："不立了，立碑无非是花钱显摆一下。这个残缺的墓碑，会时刻警告你们，做人要低调、厚道、宽宏、节俭，你奶的一生就是这样的。"大家沉默了，奶奶慈祥善良的面容似乎又出现在了我们的面前。

是啊，残缺的墓碑时刻警示我们，做人要低调、厚道、宽宏、节俭，奶奶是这样，父亲是这样，叔父也是这样。让这样的精神品德一代一代继承下去，是做人的一种方式，也是应该传承的家风。戎马一生的父亲明白，即使将墓碑修得再奢华，做人若不低调、厚道，也是徒有奢华的外表和虚名。这块残缺的墓碑，蕴含着奢华的大美，就像一个不饰粉黛的女子，质朴鲜活却如水月般照人，正因如此，才显珍贵。

　　十年了，父亲的话还时不时在我耳边响起。的确，低调、厚道、宽宏、节俭，就是做人的底线，让人一生品不完，悟不尽⋯⋯

发表于2015年7月《陕西交通报》

美哉边城

很早读过沈从文的小说《边城》，书中老人、翠翠、黄狗，栩栩如生，记忆犹新。至于山城风光、土著风情，只是隐约在心中，成为一直向往的地方。这次从重庆到长沙，途经洪安镇，终于有了切身的体会。

一

黄昏时分，我们到了一个被称作"三不管岛"的地方。据说，历史上川、黔、湘三省的歹人，犯事后就躲到这里，谁也管不上，久而久之这里形成了气候，商贾云集，车水马龙，人畜兴盛。

说来奇怪，这里不是我生活工作过的地方，也不是我到过次数较多的地方。可别致的吊脚楼及站在楼上看风景的游人,静谧的清江及清江上满载美好愿望的河灯,古老的街道与残垣的城墙及生活其中的淳朴的山民,简洁而又安静的酒吧及在酒吧中停滞小酌的人们,这一切都让我追忆起沈老的笔墨,如诗如画般浮现,如此熟悉,如此亲切,好似命运的安排,此生必有此游。

也许是自己许久没有如此轻松、如此安静地生活了,这里真的让我陶醉了。没有城市的喧嚣,没有五光十色的炫目,没有人与人之间的纷争,有的只是边城的静谧,以及自古以来千年不变的风采。夜景看够了,野味吃饱了,高粱酒喝醉了,躺下后,满脑子都是《边城》里的故事,迷糊中急盼着天亮,期待着边城的深度游。

这里的天,亮得特别早,5点钟我就爬了起来,拿起"傻瓜"站在窗前傻拍,随便怎样拍都是美景。

匆匆吃过早餐,重庆的朋友陈总特意给我们安排了一名导游并策划了当天的参观路线。当年轻的女导游自我介绍后,我惊呆了:土家族,黑里透红的皮肤,清澈明亮的眸子,窈窕而丰满的身材,洁白而合体的连衣裙……不知怎么我自然想起了沈老先生对翠翠的描写:"翠翠在风日里长养着,故把皮肤变得黑黑的,触目为青山绿水,故眸子清明如水晶。自然既长养她且教育她,为人天真活泼,处处俨然如一只小动物。人又那么乖,如山头黄鹿一样,从不想到残忍事情,从不发愁,从不动气。"眼前这不就是书中的翠翠吗?我不由自主地脱口叫了声"翠翠"。显然女

导游读过《边城》，她笑着说："许多游客都说我像翠翠，我长得黑，姓金，那就叫我金翠翠吧。"

在金翠翠的引领下，我们参观了解放大西南的二野指挥所，那里有当年刘邓大军留下的珍贵文物，让人自然联想到硝烟弥漫的战场。

在当年解放军渡江的口岸，金翠翠指着对岸说："河东边是湖南，往南就是贵州，这边是重庆，这里叫'一脚踏三省'，一会儿过了河叫你们吃'一锅煮三省'。"

过河的方式有两种，一种叫"拉拉渡"，即在河两岸固定一条钢丝绳，船夫拉着钢丝来回摆渡，这种方式更像小说里描写的翠翠外爷的摆渡方式，不过以前是绳索。另一种方式就是舢板船了，有专人操作，可以载你到很远的地方观看风景。

二

"过了河就是湖南了，这里的小镇就叫边城。"金翠翠说，"这里以前叫茶峒，沈从文20年代在小镇上教过书，'边城'是2005年才改的名，我们重庆慢了半拍，只好配合人家了。"边城的老街和洪安镇的老街相似，怀旧的店铺，浓郁的烤肉香味，惬意游走的行者，街道两边琳琅满目的商品，小店里的艺人，T恤衫上的彩画，蜡染的土布苗族服装，有名的特产姜糖、血粑鸭、山胡桃，街边闲坐的苗族老人，无不构成一幅美妙的图画。如果翠翠还活着的话，她应该九十多岁了，她也一定是那街边小店或树荫底下含饴弄孙、笑颜如花的老妪之一。边城北头有个碑林石刻展，是中国现代一百名著名书法家书写的《边城》石刻，人们在欣赏书法艺术的同时也欣赏了美文艺术，此创意可谓颇具匠心。沈老的年代要"面对惨淡的人生"，可他的笔下却是湘西和平、安宁的人生乐园。他反对现实生活的黑暗和丑恶，他想象和向往的是人们之间没有矛盾斗争，充满友爱和真情，充满着人生美的画面。作者笔下的翠翠是个孤儿，十七年前，她母亲和一个茶峒的屯防军人对歌相恋，有了她。不幸的是，父亲为维护军人的美誉而自杀，母亲生下她后也殉情而死。祖父的住处山多竹茂，翠色逼人，因而为这个可怜的孤女取名翠翠。翠翠从小在风日里长着，具有了自然的属性。翠翠长大了，她先后有了两个印在心底的恋人，可一个溺死于湍流的旋涡之中，一个毅然离家闯天下。此时，和她相依为命的外爷也在暴风雨中和那座千年白塔一起倒下了。可怜的翠翠只好孤独地在湘西的边城，在那条小溪边，在黄狗的伴随下，等那个也许永远不回来的人……在描绘人与自然和谐相处的优美图画时，作者流露出了面对悲凉命运的无奈之情，展现了"美丽总令人忧愁"的审美境界。他笔下的人物和故事如《廊桥遗梦》般简约委婉，却令人回味无穷。他描写的山水风情如《桃花源记》般迷人，使读者从朦胧飘忽的化外世界退回到现实中，心中仍然充满了对它的依恋。

三

午餐安排在金翠翠熟悉的一家吊脚楼上，低头是绿水，举目望青山，"翠翠"的汉白玉雕塑在阳光下格外醒目。

金翠翠问主人："有没有新鲜的野鱼？"主人说："有昨天的，今天鱼鹰休息了。"山里人太老实了！昨天和今天有多大区别？鱼鹰还休息？打鱼靠鱼鹰？鱼鹰把鱼吃掉怎么办？我们提出了一连串问题。金翠翠一一做了解答。我们明白了鱼鹰打鱼时，脖子上要绑个套环，小鱼可以吞下去，大鱼就只好放到船上了。

一会儿工夫，主人端来热气腾腾的火锅，一股奇异的香味弥漫了小楼。金翠翠说："这就是'一锅煮三省'，有贵州的鱼，湖南的豆腐，重庆的酸菜，味道鲜着呢！"果然不错，美味、美女、美景，啊！我真正佩服了沈从文老先生的眼光，他怎么能发现这么美的地方呢？

要告别了，我心中平添了些许惆怅。我又要融入水泥丛林之中，融入川流不息的钢铁甲壳虫之中，融入劳神的应酬、劳形的文山、扰耳的会海之中……

时隔多日，我想念着边城，就像美丽纯真的翠翠心中始终惦念着"他"。边城的静谧、脱俗给心灵一次洗涤，她就是心灵的驿站，让你从尘世中解脱出来。站在清江边，待在吊脚楼上，走在古城里，看着江水自由地流淌，看着妇女们幸福地聊着天，捶打着衣物，看着人们怡然自得地生活，什么都不去想，投身其间，你会觉得你就是其中的一分子，你也是静谧的边城的组成部分。

  这也许就是文学的力量！正如沈老先生所言："二十年来生者多已成尘成土，死者也在人们记忆中淡如烟雾，唯书中人与生命成一稀奇结合，可以不死，其实作品能不死……"

发表于2012年5月《延河》杂志

走在德国的公路上

最初，我对德国的了解是缘于那个国度的人，而非公路。那里的人超凡伟岸，那里的路我却知之甚少。康德、黑格尔、马克思、爱因斯坦、贝多芬、歌德和席勒，他们每一个人都是一座让人仰止的高山。至今，他们思想的灵光和艺术的魅力仍然影响着人们。我时常想，如果机缘眷我，一定要站在莱茵河畔，听听这条母亲河的教诲，并看看那里的日出日落，让这众多智者的思想来开启我混沌的心扉。终于，在今年的金秋时节我踏上了日耳曼民族的领土。遗憾的是我这次不远万里来到德国，没有更多时间感受先哲们的遗风雅韵，而是考察购买油路冷再生设备，同时也见识了四通八达、宽阔平坦、活力四射、恣意驰骋的德国公路。

德国作为世界上先进的工业国，公路交通十分发达。据说高速公路的长度仅次于美国，居世界第二位。德国高速公路已有六十多年的历史,并以气魄雄伟、质地优良而闻名于世。它的路面一般宽四十米,分上下行道,一般有三条或四条车道。在上下车道之间用防撞栏隔开,防撞栏之间有横梁如梯子形状,增加了坚固度。令我称奇的是,上下道之间不设挡光板,也很少见到挡光的灌木丛。留神一看,原来在德国开车,晚上一般不开远光灯,而阴雨天也不开大灯。

德国公路一般不限速,需要限速的路段,有电子限速屏,根据需要随时提示。在这样的公路上行驶,你才会真切感受到啥是酣畅淋漓,啥叫风驰电掣。不由得我想到了我们的某些公路,上了高速,任你再好的车也只能蜗行,一会儿一个限速牌,等到没有限速啦,还没有煽起来飙,又遇到了修路的。那感觉仿如一个人鼓足了劲要打喷嚏,中途却憋了回去,结果憋得面红流泪难受至极。公路上没有收费站,七点五吨以上的车采用刷卡收费,汽车不减速,经过人们不注意的横栏即自动收费,毫不影响通行的速度。小轿车不收费,据说是按年度一次性交纳。公路上看不到超载车辆,也没见到六轴大卡车。货车多为集装箱运输,看不到一辆裸运车。

德国公路不限速,但限时,司机驾驶每两小时至少需休息五分钟,四小时休息十五分钟,每天行车不得超过八小时。这不就是人文关怀吗?这不就是以人为本吗?当然,在国内也有许许多多人文关怀的例子。有个司机朋友告诉我说,几年前他在山西省高速公路上疲劳驾驶,打起了瞌睡,车子左右乱拐,交警发现后

143

立即拦截，停车后勒令他休息了一个小时，然后，一番谆谆教诲后才予放行，并未罚款。从此后他再也不疲劳驾驶了。所不同的是，我们身边发生的是个案，大家听到看到更多的是处罚和事故。而德国人却在制度层面规范了他的以人为本，这小小的"限"与"不限"不就是我们的差距吗？

与限时规定相匹配，高速公路每五公里有一个"港湾式"停车区，每二十五公里有一个较大的休息区，五十公里有设施齐备的服务区。停车区状如月牙，前后衔接，可停放十辆左右汽车；休息区规模较大，设有厕所、塑面座椅以及简易娱乐场所；而服务区和我们的服务区大致相同。

德国公路两旁的绿化真让人不忍离去，那原生态的原野，宽阔的牧场无不跳跃着浪漫主义的情怀，折射着德国人的哲学理念。一群奶牛、一个草垛不用雕琢，就是一首浓郁的原野牧歌；一片蓝天、一朵白云不用修饰，就是一幅透亮的异国风情。无草原地带有森林，无森林地带必有人工栽植的树、种的草、养的花。在这样的公路上行进，我自然想起了海涅以及他的诗《新春集》："花儿在夕阳下吐香／夜莺在歌唱／我找寻一颗心／像我的一样美／一样的动荡。"此时你还会觉得是在公路上疾驰吗？不是的，我的感觉是行进在德国文化的通途上，沐浴着它哲学的光芒，并与它的歌舞、绘画、音乐一起律动。

德国车行三日，只见嗖嗖的高速行车，未见一起肇事，这与车好、路好不无关系。很少见到修路的，偶遇一处，很远就有提醒标志。放心，绝不会塞车。

在德国公路上没有任何商业广告牌。德国人解释说公路是行车的，广告会分散司机的注意力。当我看到路边不时出现巨大的美女图像标牌产生疑惑时，司机告诉我那是提醒标牌，下边有一行文字：不要超速，注意安全。哈哈，我喜欢。美女的话谁会不听？美女让你注意安全一定比总统的话管用。

人们把公路喻为人体的血脉，血脉不通就会引发心脑梗塞。可见公路不畅后果有多严重。我在德国公路上畅行了三天，浮想多多，感慨多多。至今克莱德曼演奏的贝多芬钢琴曲《致爱丽丝》尤在耳边萦绕，那种令人轻松愉悦的情感洋溢开来，深深地弥漫在我的周围。

据说贝多芬是为了一个他所钟爱的女子特雷泽写下的这首流芳百世的钢琴曲。虽然贝多芬一生未娶，特雷泽也终身未嫁，但是浸透在这首钢琴曲中的那种亲切、随意的旋律不是正在向我们诉说着当年深爱着的两个人儿的柔情蜜意吗？音乐可以沟通心灵，公路可以四通八达，但愿我们的公路，不单是经济的动脉，也成为快乐的旅途，爱的通道。

发表于2007年11月《铜川日报》

别问
时间都去哪儿了

茶 乡 行

喝了多年的茶,却不知道茶叶是怎样制作的,这不能不说是个遗憾。清明小长假,我们专程到汉中市南郑县一个茶厂,参观了制作工艺全过程,了却了我多年的心愿。

油菜花的季节,让汉中如花绽放了一回。春天出行,我们却非为花儿,那满山幽谷中金黄色的油菜花只是随行的背景,一行六人,翻山、越岭,落脚在南郑县一个幽静的茶园。这茶园因为2004年总书记曾来访过,因而在远近十里八乡格外出名。

巧的是,我们去那天,正是清明节,这茶便更加意味深长了。喝茶的人,讲究明前茶,那细棒如梭的叶尖,这时正在一个姑娘手里一缕一缕地被拣出来。

小姑娘不大,约莫十七八岁,她两手飞快地在茶树上采茶,每株茶树上只采几个顶部的嫩芽,好久才采一小撮,不够一碗茗茶之用。

我问姑娘:"这样下去一天能采多少?"

姑娘答:"一天二斤多,两万多个芽芽。"

我问:"这茶市场上啥价?采一斤能挣多少工钱?"

姑娘答:"市场上卖八百元左右,一斤八十块钱工钱。每年也就这几天的机会能赚点儿钱。"

同行人嗟叹,挣钱不易!

不易的不止是采茶。那一片片的茶叶,从树上落入簸箕中才是开始。接着加热杀青,滚动揉捻,脱水干燥,分拣包装。干燥是个功夫活,火候很讲究,过火叶子发黄,欠火则茶味青涩。装盒前有一个拣茶的工序,即把炒好的茶叶倒入筛子中,靠人工挑拣干净。

一个老年妇女正弯曲着腰,头几乎埋在筛子里,用镊子一点点地挑选杂物。

不知这茶她们可曾品过,那袅袅气息之下,茶香的涩涩之味或许对她们来说不及一杯糖水来得痛快。所以每个人的快乐,尽管差别万千,却也殊途同归。

茶厂经理,舀了一勺水,慢慢悠悠地,给我们沏茶。水沸腾,他却不着急沏,捣鼓着杯碗,与我们闲谈。他说懂茶的人,这种茶要等水凉到八成再泡,才能泡出茶的幽淡味道。

等茶沏好,碧绿嫩芽缓缓竖起,那冉冉白气在午后的茶园之间升起。远处,青山如黛,农民在梯田上劳作,一种久违的安逸停在山水间。那时,诸多烦恼悄然远逝,人于土地之间,仿佛只为土地而生而长,生生不息。

品茶间,看到经理办公室挂着一张总书记与茶农交谈的照片。我问:"你见到总书记没?"

经理沮丧地说:"那天警察把我们赶到了对面的山上,只看到一长串车开到茶园,村上人连总书记的影子也没看见。"

说时,经理遗憾地看看墙上的照片。我想他不仅是遗憾未曾亲见总书记的面容,更是遗憾在青山绿水之间,泥土之上,这赏茶、品茶、采摘茶的快乐,却被层层地封锁,总书记何尝不想与土地,与真正的茶农促膝而谈呢?

此时,我们坐在山水之间,品着茶香,悠闲地聊天,说说往事,说说经历,说说风土人情,这种世俗生活的快乐,是每个人都会向往的,不管位居哪里,身在何处。

归途中,那个采茶的女孩,还有那拣茶的老妇,依旧低头劳作,车从她们旁边而过,渐渐离我们远去。

"壶里乾坤大,杯中日月长。"茶农的艰辛,在离开茶园时,让我深切地感受到了。于是记下此文,或许更多的人能读到其中的苦涩。善待每一盒茶品,细品个中滋味吧!

写于2012年5月

富平有个御果山庄

"陕西有个富平县",以前富平县名不见经传,如今这地方是尽人皆知。

富平产柿子。每到深秋,渭北高原上川道上,上百里的柿子林染红了半个天。熟人说:"美得很,满树赤红赤红的,马上就啪嗒落地咧,趁着这果子还挂在树梢,赶紧瞧瞧晚秋这最后的景。"

来到村里,村民问:"你们是哪里来的?"有人戏说我们是富平郊区西安市的。村民听出这些端着相机、穿着时髦的人"讲政治"了,就幽默地说:"富平很快就是中心了,你们这些郊外人就爱往中心靠拢。"

从富平县城往北走有个曹村镇,从曹村再往北走,有个马家坡村,村口有个石碑,写有"御果山庄"四个字。据说这里自唐朝以来就盛产水果,并以柿子为主,梨、杏、桃、石榴、核桃次之。由于品质优良,历代为宫廷御品,"御果山庄"由此得名。

富平县是国家林业局命名的"中国名特优经济林之乡——中国柿乡",建有优质柿子基地十万亩,年产鲜柿四千万公斤,制作柿饼八百万公斤,鲜柿、柿饼产量每年递增20%以上。而马家坡的柿子由于海拔和纬度合适,又是富平最好的柿子生长区,于是规模种植,发展为果业示范村。

"一夜寒露风,柿子挂灯笼。"每年寒露一过,就到了柿子收获的季节。今年又是柿子丰收的一年,只见村民们房前挂满了如霞似火的柿子。火红的柿子成为村里一道亮丽的风景。这里的大尖柿是柿子中的名优品种,听说含十四种营养物质和微量元素。大尖柿最宜制作柿饼,被专家誉为"制饼珍品"。

柿子采摘完毕,开始加工了。传统的"合儿柿饼"要经过削皮、脱涩、软化、晾晒捏型、出霜等十多道工序精细制作,因两个柿子相对合在一起故称"合儿饼"。"合儿饼"具有个大、霜白、底亮、质润、味香甜五大特色,是富平传统地道的名优特产。

当地村民告诉我们,制作柿饼,要选果大,果形端正,果顶平或稍突起,无核或少核的品种。采收后,将未软且没有损伤的柿果去皮,然后进行干燥。干燥的方法有两种:一是日晒法,挂晒或平晒。将削皮后带有拐把的柿子逐个夹在松散的绳子上,按大小分别挂在架上晾晒,并经常翻动。待晾晒三到四天后,果面发白、结皮，果肉发软时，轻捏第一次，挤伤果肉，促进软化、脱涩。当果面干燥出现皱纹时捏第二次，将果肉硬块捏碎，捏散。再隔两到三天捏第三次，一般捏三次即可。二是人工干燥，即用烘烤的方法，在烘烤中也要及时捏软。晒成的柿饼，装入密封的容器中或堆捂在一起用塑料布覆盖，经四到五天，柿饼回软，取出放在通风阴凉处摊开，晾干，便有柿霜生成。如此反复堆捂、晾干的次数越多，霜出得越快越好，制成的柿饼即可包装贮藏。

柿饼的加工真不容易！今年柿子丰收了，硬柿子收购价每斤两元左右，制作成柿饼卖五元左右，如果精装盒价钱就要高许多。

看着房前挂着的一串串红彤彤、亮晶晶、软扑扑的柿子，不由人口水直流。村民说："捏着吃吧，甜着哩。"啊！咬一口，岂止一个"甜"字，筋筋的，软软的，绵绵的，沙沙的，从嘴里一直甜到了心里，真是"色胜金衣美，甘逾玉液清"。

柿子让这里的农民昂起了头，脸上充满了自信。中心也罢，郊区也罢，兜里有钱是硬道理。愿富平的柿子迈出国门，走向世界。

写于2013年10月

夜宿武当山

一路暴雨，同行的一辆轿车由于速度太快，刹车不灵，撞到了护栏上，幸亏高速路上车少，司机也无大恙。

真叫祸不单行：湖南公路建设项目纠纷未了，同行车又抛锚。我和司机单车返回，眼前雨雾迷蒙，阴霾漫天，一路无语。

快到十堰地区，天晴了。路过武当山，突见天空出现彩虹。"上武当。"我不假思索，脱口而出。

上山不让带车，只好乘末班旅游车。

乘索道，攀九连蹬，上金顶，俯瞰千年古刹，百年道观，尽收眼底。云锁山峰，天地相连，宇宙浑然一体，顿觉人类之渺小，天地之伟大。人法地，地法天，天法道，道法自然。顿悟：人生苦短一百年，倒计时快乐每一天！呵呵。

夕阳西下，太子坡停车点已无下山班车，一好心村妇介绍，她家开农家乐,取名"太子居",可食宿,离这儿也近,你们要不去看看?天色已晚,也没有其他住处,我们只好随她去了。

沿着崎岖山路,十几分钟即到。一室两床,卫生间、淋浴器皆有,十几平米,小而全;一宿一百元,实惠。

先冲凉,再吃饭。两瓶啤酒下肚,突然有了打太极的兴致,于是在农家院里比画了几招。鸡上架了,狗回窝了,房东说:"该休息了。"

司机累了,打起了鼾声,我怎么也睡不着,总觉得门外有动静。摸出手机一看,21点,平时此刻,我的大脑还正在兴奋期。我披上外衣,蹑手蹑脚地走到门口,猛地一开门,"汪汪"!一只依门而卧的黄狗被惊醒,两只发绿光的眼睛瞪了我一下,不满地向狗窝走去。

排除了危险,我也慢慢有了睡意。山里的夜,更显寂静,依稀可听到蛐蛐的叫声,这种感觉久违了。朦胧中,我感觉是睡在奶奶的土炕上,又似乎是睡在知青组的通铺上,仿佛看到了夏夜流萤,听到了池塘蛙声。这一夜我回到了少年时代、青年时代,人生好像不是百年,而是几百年,可以返回去再活的……

咕,咕,咕,窗外的公鸡敬业地打鸣了。我一看表,4点半,天刚蒙蒙亮,接着狗也开始叫了。不一会儿,门口又传来了扫院子的声音。起吧,想睡也没门了。

山里的早晨,凉爽清心,深呼吸一口,醒脑清肺,爽到了脚尖。喷薄而出的太阳,给山山水水披上灿烂霞光,袅袅的晨雾在山间流淌，叠翠的山峦在晨光中像一场流光溢彩的声色饕餮。此刻，脑子好像清泉流过，异常清醒，却又一片空白。我漫无目的地沿山路行走，山路很窄，枝枝杈杈很多，遇陡坡有石台阶，遇小溪有独木桥，沿途景观变换不断，让人目不暇接，前方好像有只手在召唤你，不由得人脚步只管往前迈。我突然明白有的人在山里就是这样迷路的。

要不是农家乐的大红灯笼，我可能还真要迷路了。

回到"太子居"，我拿出相机，急忙拍下了武当人家和武当美景。在自然美景面前，我感悟到了大自然的宽宏、博大、厚重和生机勃勃。同时，也为人类疯狂掠夺大自然而羞愧！那些"减损的湖泊、荡平的丛林、削矮的山头、人工降雨和催雪、被篡改成分的土壤、时刻消失的物种，正黯然陨落。"正如比尔·麦克基在《自然的终结》中说："我们作为一种独立的力量已经终结了自然，从每一立方米的空气，温度计的每一次上升中都可找到我们的欲求、习惯和贪婪。"同时，也更明白再有灵性的人类在大自然面前都是微不足道的，只有融入自然，敬畏自然，顺应自然，保护自然才能轮回千度，生生不息。

道法自然，道法自然啊！

写于2013年夏

大美青海　醉美油菜

翻过海拔三千八百米的达坂山，看到的是连片盛开的油菜花。

铺天盖地的油菜花，连着昆仑山与湛蓝的天空，青海湖如入云端，草原绵延而上，一幅远离凡尘的景象壮观、震撼。此时凉风拂面，方知"大美青海"不徒有虚名。

油菜，我再熟悉不过了，7月底，陕西关中的油菜籽已经收获入仓，可这里的油菜却刚刚开花。当好客的主人安排我们参观门源县油菜花时我还犹豫了半天，心想油菜哪里没有，这么远来看油菜，值吗？可到了这里，我才真正被震撼了！

祁连山下一片金色的海洋，在蓝天白云和祁连雪山的衬托下，几十万亩的油菜花沿浩门河两岸绵延开去，成就了博大壮阔的特有奇观，一望无际的金黄显得异常斑斓，那种气势有一种铺天盖地的霸气，令人慨叹！啊，岂是"满城尽带黄金甲"可描述的！

当蓝色、绿色和主色调黄色在门源被大自然交融在一起时，那种震撼人心的美是无法形容的。金黄——那是梵高笔下明艳的黄，招摇的黄，是一种精力旺盛、生机勃勃的浪漫宣言。再怎么堆砌词语都不能尽述百里花海的壮观。但看那一株花，就充满万种风情，嫩绿的枝干，金黄的花瓣，娇艳欲滴地站在苍茫雪原的绿洲深处，傲视天下名草名花，独领一种不惧霜寒的风骚。你甚至不需要灵敏的嗅觉，就能在视力所不能及的地方嗅到油菜花清醇的芳香。都说十里桂花香，但这一望无际的油菜花所弥漫的香气何止十里，它整整延伸了一百多公里，香气熏透了整个门源盆地啊！

据说这里的油菜种植历史已有一千五百余年，正好和文成公主进藏的时间吻合。公元641年，唐太宗把文成公主嫁给藏王松赞干布时，浩浩荡荡的人马带去了许多工艺品、谷物、菜籽、药材、茶叶以及历法、生产技术和各种书籍，大大促进了吐蕃经济文化的发展与进步。如果是这样，这年年盛开的油菜花不正是汉藏民族团结友谊的象征吗？

领略了那无边无际的风景后，你就可以体会到门源人爱花如命的心情了。这里是农牧结合地区，也是汉族和藏族的分界区，农产品主要是油菜和青稞。"门源油，满街流"是门源人挂在嘴边引以为豪的话，据说这里的油菜种植面积在四十万亩左右，如果把油菜花分给全世界的人，每人可以拿到二十株以上。这里的油菜是小籽油菜，生长期长，富含氨基酸和多种维生素，营养价值很高，销往全国乃至世界各地。由于种植面积大，花期长，蜂蜜产量也很大，说门源人富得流油，一点儿也不过分。

　　欣赏过嚣艳的风景，感受了厚重的历史，领略了地域经济，时间就这么不知不觉过去了，而那铺天盖地的黄，似乎穿透了内心柔弱之处，成为记忆里最华美的一笔。

写于2013年7月

马嵬驿的成功与遗憾

　　初春的关中大地上，柳树刚刚吐出嫩芽，蜗居了一个冬天的人们，纷纷走出家门，寻找眼宽神怡的去处。去年建成的马嵬驿民俗体验园，无疑受到城里人的青睐，去过的人都说好得不得了，经不住诱惑，叨空相约朋友体验了一把。

　　马嵬坡是因唐朝马嵬驿事件而有名的。马嵬驿地处关中腹地，在兴平市内，曾是唐朝时西行的第一驿站，也是古丝绸之路、唐蕃古道的重要驿站。提起马嵬坡，使人联想起"六军不发无奈何，宛转蛾眉马前死"的杨贵妃玉环。"上穷碧落下黄泉，两处茫茫皆不见"，一堆黄土留在兴平马嵬坡。

　　看到杨贵妃墓地，不禁想起绝代佳人含冤自缢的故事，杨国忠祸国殃民的故事，杨贵妃和安禄山在华清池上演"三日洗儿"的荒唐故事，一幕幕浮现在眼前。

据史载，唐玄宗晚年昏聩，重用奸佞小人，独宠杨贵妃，有诗为证："天生丽质难自弃，一朝选在君王侧。回眸一笑百媚生，六宫粉黛无颜色。""后宫佳丽三千人，三千宠爱在一身。""春宵苦短日高起，从此君王不早朝。"唐玄宗整日沉溺在温柔乡里，很少过问国事，甚至为了讨杨贵妃欢心，对她的兄弟姐妹封官加爵，"姊妹弟兄皆列士"，导致外戚跋扈，唐朝由盛转衰，为"安史之乱"埋下祸患。

公元752年，杨贵妃的堂哥杨国忠担任宰相，同时，还兼任四十多个其他职位，可谓位高权重，此时，当了大官的杨国忠开始胡作非为了。有一年，关中地区发生了水灾，大部分庄稼被淹死了，一个正直的官员对玄宗说了灾害的真实情况，杨国忠不但治了这个官员的罪，还隐瞒真相，欺骗唐玄宗。还有一事，唐玄宗发兵侵掠西南边境的南诏国，杨国忠推荐自己的亲信担任统帅，结果连吃败仗，骄横的杨国忠竟然谎报军情，一个小小的战役导致二十万兵士丧生。沉浸在温柔乡的唐玄宗一直蒙在鼓里，还以为唐军打了胜仗。由于杨国忠的祸国殃民、恣意妄为，致使大唐王朝江河日下。

历史上还有一位与杨贵妃勾连较深的人——安禄山。这位"安史之乱"的始作俑者，和杨贵妃之间早有绯闻。姚汝能的《安禄山事迹》这样记载："（安禄山生日）后三日，召禄山入内，贵妃以绣绷子绷禄山，令内人以彩舆舁之，欢呼动地。玄宗使人问之，报云：'贵妃与禄山作三日洗儿，洗了又绷禄山，是以欢笑。'玄宗就观之,大悦,因加赏赐贵妃洗儿金银钱物,极乐而罢。自是,宫中皆呼禄山为禄儿,不禁其出入。"司马光在《资治通鉴》卷216中也记载了"贵妃洗禄儿的事"。能歌善舞、通晓音律、善解人意的杨贵妃真是有创意,大概美人在宫里太闲,找这么个乐子,上演了"洗儿"这荒唐的一幕。正史、野史都送给唐玄宗一顶"绿帽子"。看来历史上著名的"安史之乱"就是安禄山一怒为红颜,打着"清君侧"旗号造反的。

公元756年6月,反叛唐朝的安禄山军队攻入潼关,唐玄宗匆匆携杨贵妃、宰相杨国忠、太子李亨以及诸皇亲国戚、心腹宦官,离开当时最繁华的都市长安,欲逃往四川。7月某日晚,大队人马行至马嵬驿时,护驾军士砍杀了祸国殃民的杨国忠,并要求唐玄宗立即处决杨贵妃。此时老态龙钟的唐玄宗看着冰肌雪骨的杨贵妃,心似刀绞,老泪纵横,在众将士的威逼下,"掩面救不得,血泪相和流",还是让杨贵妃接过帛带,在一棵梨树上自缢。安禄山见贵妃已死,便放弃了追击。这个凄美的故事令代代文人墨客演义不绝。白居易、李商隐为之扼腕、赋诗,流传至今。墓园前,是民国名人邵力子先生书写的"唐杨氏贵妃之墓"古朴苍劲的七个大字,墓两侧是古代碑廊,其后是毛泽东手书《长恨歌》之巨碑。顺阶而上,是新建的太真阁胜景园,中间立有一尊汉白玉杨贵妃全身像。贵妃墓地的封土,常被年轻女子挖取,制成荷包,随身佩戴,说它浸了贵妃颜色。又据说,马嵬的老鼠皆长白毛,是给冤死的贵妃戴孝。近几年又有传说,杨贵妃其实没有死，缢死的是一名丫鬟。贵妃化装成村妇，最后逃到了日本，日本某地有杨贵妃的庙宇，敬的就是杨贵妃肉身塑像。著名作家叶广芩女士还专门做过这方面的研究。当然，这都是人们的一种良好希冀，谁忍心让一个绝代佳人自缢于荒野呢？

不管历史的真相是什么，这一段流光飞舞、刀光剑影的历史，已消失在滚滚的历史长河中。没有马嵬驿事件就没有马嵬驿民俗文化村，这个有历史渊源的民俗村，建在杨贵妃墓东侧塬坡地带，投资五千多万元，全力打造以古驿站文化为核心，集文化旅游、民俗文化展示、休闲体验、旅游观光为一体，建设成集现代生活与历史文化相结合的马嵬驿民俗文化旅游新景点。该项目占地六百亩，主要包括家禽生态养殖区、民俗文化展示区、驿站文化广场、民族小吃文化街、垂钓区、跑马场、百果园、儿童乐园八大功能区。

我们去的那天，非节假日，但景点已是车水马龙、人流如梭了。当地农民说，现在这里天天在过会，没有淡季和旺季之分，节假日会更热闹，只有人看人、车挤车了。吃喝游玩的项目其实和关中大多数农家乐大同小异，一些设施还不如其他地方，但为什么能够在较短的时间招揽来如此多的游客呢？稍加留神就会发现许多特点。

杨贵妃墓距马嵬驿约一公里，两个景点遥相呼应，弥补了传统文化内涵深厚却没有游客参与体验项目的缺憾。经营项目以人文故事为背景，以娱乐休闲为平台，以餐饮消费为内容，前两条用来吸引人，后一条用来创效益，特别是餐饮项目，特色鲜明，品种繁多，游客在这里既能体验古老文化，又能吃到美食，看到好景，还能买到让人爱不释手的土特产品带回家。其次，景点利用山坡沟壑的自然地形，统一规划，农民自建，错落有致，风格各异，成本低廉。另外，景点不收门票也是招揽客人的明智之举。

在旅游热闹景象的背后，我们也感到一些遗憾，平添一份担忧：进入园区的道路狭窄，上山的主坡道，平时就显得拥挤，节假日就更是拥挤不堪；许多黑出租、三轮车随意停靠揽客，给交通造成阻碍和安全隐患；当地村民用自家耕地改建成的临时收费停车场乱收费，男人叼着烟，女人抱着娃，随意拦截车辆，乱收停车费，有时十块，有时二十块，没有统一标准，不开任何凭据，农民和游客之间时常发生冲突；卫生间较少，人多的时候根本无法应对，许多人干脆随地解决，使景区失色不少；旅游纪念品没有当地特色，全国各地旅游景点的纪念品这里似乎都有，新疆的挂毯、西藏的牛角也在这里出现，五花八门，不伦不类；文化底蕴不深，缺少思想和艺术的冲击力。围绕唐文化本来是可以大做文章的，一首《长恨歌》足以展现和还原马嵬坡的历史，但缺少这方面的历史景观、人文雕塑、音像制品、图文资料等；食品卫生有待加强。摊点多，游客多，夏天难免发生食品卫生方面的问题，特别是一些乱搭乱建的摊点，出售没有卫生保障的食品，留下了食品质量安全的隐患。

马嵬驿的开发无疑是成功的，但一个景区的发展，短期内表面的繁荣兴盛远远不够，还需要长效、健康、有序地发展。这不仅需要景区自身严格地管理和约束，以及经营者的细致工作，还需要政府职能部门在基础设施方面加大投入的力度，同时进行有效的监管。相信马嵬驿民俗体验园一定能够闯出一条集现代生活与历史文化相结合的旅游新路子，为陕西旅游产业添彩，为百姓休闲服务。

发表于2015年3月《陕西交通报》

龙年故乡行

我的故乡有两个,一个是小时候生活过的老家,凤翔城东七点五公里的花炮之乡——申都村;一个是下乡插队时的耀州区石柱乡石柱塬村。每年春节我都要选择一个故乡探望乡亲,兔年去了凤翔,龙年自然就要去耀州了。

去年年底,我的两个故乡遇上了同样的喜事,一是宝鸡至凤翔的高速公路建成通车,一是西安至铜川的第二条高速路复线建成通车。"公路通,百业兴"暂且不论,我想,起码今年探亲将更便捷了。

一

正月初六早上,我匆匆吃完早餐就催妻子赶快收拾出门,妻子却磨磨蹭蹭，出不了房间。我性子急，先下楼坐在了车上，半小时后，妻子终于出来了，我的火也上来了。正想发作，她的一声"对不起"，却让我无语。再看看她的打扮，让我小吃一惊：自然的发式，淡淡的简妆，浅绿色的短大衣再配了条红围巾，脚蹬一双黑亮的皮靴。呵，磨蹭得还真出效果！怪不得有人说"老婆还是别人的好"，岂不知女人打扮就是让别人看的，回到家里都一样，邋邋遢遢，没一个精神的。其实你的老婆在别人的眼里也是"别人的"，也是好老婆。真奇怪，此刻我竟顿悟出如此道理……

车子半个多小时出了城，从机场高速路口驶入了西铜第二高速通道。路上车并不多，在宽敞的六车道上，稍一踩油门，里程表就上了一百二十，隔窗看着田野间白皑皑的积雪，我的思绪自然而然飞到了故乡，当然想得最多的还是故乡的路。

二

其实，人的一生都在路上，崎岖也罢，平坦也罢，只要穿上鞋子就能体味到它澎湃的血脉和喷涌的情感。我从小在凤翔农村长大，对路有着特殊的体验。小时候看到官路上飞驶的摩托车很是羡慕，我们称它"电蹦子"，想看个清楚，但瞬间就淹没在尘土中，只能看到一条飞滚的土龙，骑车的人也只留下满身尘烟的背影。当然那时的沙石路也是令人向往的。村里道路更是糟，下雨天泥泞满村。殷实家庭的孩子穿雨鞋上学；普通家庭孩子穿泥屐上学，泥屐是用木头做的，像小板凳绑在脚下；开始穿时光摔跤，走习惯了还挺美，有高人一等的感觉；许多人家的孩子干脆就手提布鞋赤脚上学。我属于提鞋赤脚的一族，一下雨就发愁，脚经常被玻璃划出血口子。后来终于有了一双胶鞋，那是叔父退下来的，黑颜色，上面补满了红或黑色的补丁，刚穿上感觉蛮美，在村里显摆了一圈，到处漏水，一走扑哧扑哧的还不如不穿。

20世纪70年代，知识青年到农村去，我和七名十多岁的同伴插队到了耀县石柱塬村。村子在公社边，离县城十多公里，路是坑坑洼洼的沙石路。每天发一趟班车，车是帆布篷的大卡车。车一来，人们蜂拥而上，从后面的铁梯往上爬，然后像插萝卜一样满满插一车厢。从公社到城里半个小时到站，挤在前面的人还能辨清模样，后面的人头发胡子全成了灰白色，犹如刚出土的兵马俑，一笑露出的白牙是一样的，身上的土能抖一簸箕。

往事如烟，那些泥泞的、残损不堪的路，与当年我们步履艰难、尘埃满身的影像如同电影般一幕幕浮现。当今天飞速行走在高速公路上时，心中万千感慨也奔流而至。"十一五"以来，我省公路建设飞速发展，高、干、村（高速、干线、农村）路齐头并进，公路建设带动了经济发展，城乡面貌正发生着巨大的变化。公路是历史发展的足迹，是社会进步的缩影。现在雨天穿的胶鞋在农村也很少见了；泥屐若作为文物收藏，估计有一定的增值空间；用作客运的大篷车早已退休，宽敞舒适的轿子车已遍布城乡。行路难和行路难的故事已成为人们心中遥远的往事……

三

"新年好，请交费。"文明柔和的声音打断了我的思绪。啊，铜川出口！我算了一下时间，从友谊西路到高速路口用了三十五分钟，而西铜复线六十五公里仅用了三十分钟，两者加起来还没有妻子打扮磨蹭的时间长。

出了高速路，我们穿过铜川新区，径直向耀石三级公路驶去。这条路我非常熟悉，插队时就经常走，全长十六公里，是2010年改造的新路。路边的杨树已经成林，树干上的白石灰齐腰刷过，虽然没有发芽，但整齐美观。汽车上塬后，雪还没有融化，村庄和周围的山野还是一片银白。妻子突然指着远处醒目的红亭子好奇地问："那是什么？"我说那叫招呼亭，是村民候班车的地方，一会儿去看看。不一会儿，车到了红亭子边，果然有几个村民挑着灯笼在候车。下车后，我问一个中年妇女："你们是不是走亲戚？在这儿等车要等多长时间？"妇女说："给娃送灯笼去，一时时车就来了。"一个老汉插话说："快得很，一袋烟工夫就来一趟车。"说话间，一辆车身上喷有"通村客运"的金杯面包车停了下来。车门一开，等车的人便陆续上了车，车门关上了，车却不动弹。我正纳闷间，司机走到我面前，大喊一声:"力民,你回来了!"这一喊,我知道是石柱塬人。这里的村民一直对我直呼其名,几十年来,不管我身上有多少光环标签,他们都视而不见,只叫我赤裸裸的名字。我在外地挂职无职无权时,他们照样送来土豆、鸡蛋、核桃、挂面。"回来了"更是对我这个"自家人"的认可。

我愣了片刻,立马喊出了对方的名字:"石头!"在我插队时,他穿着开裆裤,现在已经是个通村客运司机了。我问他一天跑几趟?一年能挣多少钱?他说:"一天跑四趟,一年挣五六万块钱。"说毕,他上了车,摇下玻璃又说:"你赶紧往回走,我大在屋里哩。"我说:"你开慢些,有事给我打电话。"其实我到村上并没有去哪家的明确目标,一般是看几户贫困户,再和村干部们聊聊。

石柱塬村离乡政府一公里,村道已经全部硬化,道路旁整整齐齐盖着民房,家家门上贴着对联,也有贴门神、挂灯笼的。我看望了几户村民,又特意去了石头家,石头父亲是我们插队时村上的团支书,叫石周周。他家的条件明显好些,这与石头搞客运有关系。石周周说,家里三年前买了辆面包车,年前已经把本钱赚回来了。我说:"通村客运好,方便了群众出行。让娃遵守交规,注意安全。"石周周说:"没麻达,娃乖着哩。"后来我们又去了村长家,受到村长一家热情的接待。吃饭间,邻居的几个村民也凑了过来,大家兴高采烈地讲述着村里的变化,特别是通村路给村里带来的变化。边吃边聊,时间过得很快,眼看已近黄昏，因我要赶回西安，便依依不舍地告别了乡亲。

四

在霓虹灯的闪烁中，我回到了家里。刚一进门，手机就响了，一看是石头的电话，我按下免提，问什么事。只听对方焦急而沮丧地说今天下午客车被交警队扣下了，说要罚款两千元。我问为什么罚款。石头说因为超载十七人，并让我说情把车放了。妻子看着我说："这下可好了，你答应人家有事给你打电话，现在真有事了，看你这洋蜡咋消呀？"我的确认识交警队的人，因为我在耀州公安局工作过，但我更知道超载的危害性。于是我耐心地给石头讲了春运期间因超载发生的几起事故的教训，并严厉指责了他严重超载的违规行为，最后劝他接受处罚，引以为戒。接着我又给石周周拨通了电话，重复了给石头讲的话，让他理解我不帮忙的道理。

挂了电话，我思绪难平。现在道路畅通了，群众出行方便了，但安全出行这个新的课题又摆在了我们面前。据统计，随着公路里程的延伸，交通工具的增多，近三年来，我国交通事故（未包括港澳台地区）的年死亡人数均超过了十万人，平均每天死亡三百人，每四点八分钟有一人死于车祸。修路、养路、管路是一个系统工程，非常重要，但安全行路更不可忽视。如果事故不断，"为民开路"又有什么意义呢？所以，只有在设计、建设时充分考虑安保措施，路政、运管、交警联合行动，严格执法，广大司乘人员自觉遵规守法，全社会齐抓共管，综合治理，才能有效杜绝和减少事故的发生，才能真正体现"大爱在心，为民开路"的修路宗旨。

（此文获《陕西交通报》2012年春节"回乡见闻"二等奖）

初一年饭的风波

每年春节前,父母亲都要在附近餐馆早早地订一桌年饭,这几年家里人口增多了,今年父母预订了两桌。父母订年饭是为了让全家团圆,钱由父母出,我们也习以为常了。预订年饭是从哪一年开始的,我已记不清了,但每年都会去蹭吃一顿。

今年的年饭订在离父母家不远的一个小饭店,中午12点,大家从四面八方赶到了这里。父亲特意穿了一件新棉袄,是妹妹给买的,显得很精神;母亲穿了一双棉皮鞋,是弟弟给买的,锃亮锃亮的。

大家一边吃饭一边聊天,先祝父母健康长寿,再问儿女家长里短。我们兄妹几个虽然在同一个城市工作,但平时见面的时间并不多,只有在父母处相聚时,才能天南海北地深聊一番。

一个小时过去了,饭桌上已经是盘净碟空了,母亲说:"买单！"同时掏出两千块钱交给了服务员。我见状立即拦住母亲，也掏出两千块钱，交给服务员说："今年的饭钱我出，把发票拿来。"服务员拿着钱走了，母亲看着服务员的背影，脸慢慢地沉了下来，她继而严肃地对我说："你要发票是不是想回单位报销？如果公家报销你就别掏这钱了。"弟弟急忙插话说："发票一定要开，不然饭店就逃税了。"几个孙子辈的也插话说要求开发票是对的，奶奶想多了。母亲不语了。

一会儿服务员拿来了发票和找的零钱，我一看，两桌一千六百八十元，好吉利的数字。"让我看看。"母亲说着从我手里拿走了发票，只见她看完后，"嚓，嚓"几下把发票撕了个粉碎，全家人被这突然的举动惊呆了。母亲笑着说："撕了我就放心了。"母亲知道我们兄妹几个都在单位负有一定的责任，谁用公款报销个发票都是小菜一碟。她当众把发票撕了，让每个人都断了公款吃喝的念头。

几个孙子你一言我一语地向奶奶发起了"攻击"，大意是：太认真、太教条、太可笑、太死脑筋了。

母亲也的确有点"死脑筋"。记得我上小学的时候，最羡慕班上同学拿着红蓝铅笔在本子上画来画去的，而当时母亲就是单位管总务的干部。我看见她管的库房里，办公用品应有尽有，各种本子、铅笔堆成了小山。一天，我试探着对母亲说我想要一支红蓝铅笔，母亲本可随手拿一支给我，可她没有，只见她在兜里掏了半天，掏出五分钱给我，说可以买两支，公家的再多也不能动一支。从那时起，我懂得了公私应该分明的道理。

母亲撕发票的行为是一个老共产党员发自内心的，没有一点儿做作的，非常自然的行为，这点我是明白的。

父亲看大家对此认识不一，严肃地说："党中央做出了八项规定，又制定了反腐倡廉、厉行节约、反对浪费等一系列措施规定，这并不是什么新鲜举措，而是恢复了我们党多年来的基本传统。我们过去都是这么做的，只是这几年被许多党员、干部遗忘了。就好像虱子多了感觉不到痒一样。我们家每个人都要从自己做起，坚决执行中央的决定，清清白白做人，老老实实做事。我不图你们干多大的事，只希望你们平平安安地过好自己的日子。"

老两口一唱一和，大家都陷入了沉思。

看着九十岁高龄的父亲和年逾八旬的母亲，我眼里涌出了泪花，突然对这一对建国前就参加革命，在政法战线工作了一辈子的老党员、老领导产生了由衷的敬仰之情。

是啊，人民的江山要一代一代传下去，我们每个人都要从自身做起，从现在做起。我们除了管好自己外还要管好下一代，我们还任重而道远……

（此文获2007～2013年度《陕西交通报》好稿奖和2013年春节见闻一等奖）

家　风

　　小时候,我在老家奶奶身边长大。

　　奶奶没有文化,但从不乱讲话。她说出的话,现在想想堪称经典,对小孩子很管用的。大人们说话时,小孩子若插嘴,她会很严肃地说:"嘴尖毛长靠不住!会说的想着说,不会说的抢着说。"如果在背后议论大人们的坏话,她会告诫我们:"雷公爷霹雳啪,不骂大人不害怕。"每当天上打雷闪电时,我们都会趴在炕上,头蒙被子,反省自己最近有没有议论过大人们的事情。她还常常告诫我们:"粮食糟蹋不得,糟蹋粮食就会遭年馑。"年馑就是闹饥荒,奶奶常给我们讲闹饥荒时逃荒要饭,吃野菜、啃树皮的事情。于是,我们吃馍馍时,不会让馍渣掉到地上,吃完饭一定要用舌头把碗里的饭渣舔干净。

　　尊敬长辈,孝敬老人,注重礼节,勤俭节约,在农村,三四岁的孩子就懂了。

十二岁那年，我上小学五年级，奶奶说："男长十二夺父志，你现在就是大人了，要操持家务，再不能贪玩了。"从此，我放学回来，一定会帮助大人们干一些力所能及的农活。割草、放羊、挤奶，编草鞋、草帽、草笼就是那时候学会的。

奶奶教育我们的谚语很多，出口便是。如：人狂没好事，狗狂挨砖头；舍得舍得越舍越得，沾光沾光越沾越光；让人一寸，得理一尺；刻薄不赚钱，忠厚不折本；老人不讲古，后生会失谱；一句好话三冬暖，恶语伤人六月寒。如此等等。

"文革"后期，我从老家回到了父母身边，那年我十四岁。父母看到几年没见的我，勤快、礼貌、节约、懂事，和当年懒惰、任性、贪玩、娇气的我，判若两人，高兴得逢人就夸。这些都得益于奶奶的家训和农村生活的锻炼。

后来我离开父母，插队、上学、工作、成家。兄妹们也都长大成人，各奔东西，但父母对我们的教育始终没有放松过。每年过春节回家团聚时，父亲总要挨个儿了解我们的工作、学习、生活情况，听到谁工作上取得了进步，他会显得异常高兴；听到谁工作生活受到了挫折，他会耐心倾听，帮助分析，解疑释惑。为了让父母高兴，我们也常常报喜多，报忧少，这样我们在工作中也会积极进取，尽量避免失误。

去年，父亲永远地离开了我们。母亲在整理父亲的遗物时，特意留下了一个很大的信封。大年初一早上，母亲郑重地交给我说:"打开看看吧,你爸把它保存了十几年。"我怀着好奇的心情,小心翼翼地拆开信封。原来,里面装着父亲1997年春节时写给我们兄妹几个的信(底稿),还有我们的回信。那年春节,父亲身体不太好,我们回家看看后,又都匆匆离开了。我感觉到父亲当时似乎有许多话要对我们说,但又没来得及说,在我们离开后,他用写信的方式同我们进行了交流。信不长,原文是:

亲爱的好儿女们:

你们都长大成人了,都在不同的岗位上为党尽心尽力地工作,过去的一年你们都有进步,我和你母亲从内心深处感到快慰。本来打算在新春佳节期间同你们交流几个问题,但因身体原因,加之你们又匆匆离去,所以只好写信了。

我想问你们一个问题,在新的一年里,你们各人有何打算?另外,你们都是共产党员,我想以一个老党员的身份,平等地和你们再讨论四个问题:

一、全心全意为人民服务是我党的宗旨,是共产主义道德的核心,你们是怎样理解和实行的?

二、两个文明一起抓的基本方针你们是怎样理解和执行的?

三、党的三大作风:理论联系实际、密切联系群众、批评和自我批评,你们是怎样理解、继承和发扬的?

四、你们对做新一代"四有"新人、"四有"干部是怎样理解和实行的？

　　以上问题是你们在工作生活中天天遇到、不可回避的问题，讲起来容易，真正做到就不容易了。希望你们好好想一想，认真总结一下自己的思想和行动，以写信的方式于2月底前送我。

　　我已是七旬有余的人了，何况又是残躯之体，你母年迈多病，我们的体力、智力在衰退，老年综合症表现突出，你们要理解、谅解。我们对你们没有别的要求，唯一的希望是你们做好人，做好干部，为祖国建设和共产主义事业做出更大的贡献！

1997年2月11日 父手书

信的最后还添了一句：女婿、儿媳同阅同答。

收到信后，我先是一愣，感觉像领导讲话。仔细读后，我被老父的深情所打动。字里行间，我看到了一个老共产党员的高尚情操和无私情怀，看到了老一辈人对晚辈人的殷切期望。我后悔节日期间没有在家和父母多待些日子，和他们多说说话。老父写信说了他想说的话，我们仅写封回信是不够的。我立即和兄妹们通了电话，决定周末时一起回家，带上各自的答卷，和老人再一起好好交流交流。

父亲很仔细地看了我们的回信，在每封信上都留有红铅笔写下的评语和勾画的痕迹。看着父亲留下的这个信封，我好像又看到父亲在和我们亲切交流，他的良苦用心，只是希望我们走正道，做好人啊！我把这个信封小心翼翼地折叠起来，我会让它永世相传。

好的家风、家规、家训必然会影响家庭成员的思想行为。从奶奶到父亲对我们的教育，无论儒释道古训还是现代道德标准，都是倡导向上向善的精神，宽容忍让的情怀，这些精神和情怀其实就是国民素质的体现，是一个民族生生不息的精神来源。

如今老辈人已经离我们而去，但他们提倡的修身、齐家、约束自我的规矩没有离去，这些将成为我们一代一代传承的宝贵财富。我深信，有了好的家风家教，家庭就和谐，邻里就和睦，社会就进步。我们每个家庭，都是社会的组成部分，从我做起，从每个家庭做起，中国这个大家庭就会和谐美满、繁荣昌盛、民族强盛、中华崛起的梦想就一定能够实现。

发表于2014年2月《陕西交通报》

老了回家养牛去!

腊月间,听说年逾八旬的叔父病倒了。正月初一,我和弟妹们商量,今年春节一定要回一趟老家,因为我们几个小时候都是在叔父家里长大的。

我的老家在凤翔县城东十五里,叫申都村,是一个有名的花炮之乡,制作花炮的历史可以追溯到明末清初。我们小时候就帮助大人搓炮筒,辫花炮,那时候叫作副业,由生产队集体管理,统一销售。改革开放以后,农民自己开花炮作坊,几年时间,村里就有十几家成规模的花炮厂。农闲时,百分之七十的农民都从事花炮制造业。因此,村里农民的腰包也慢慢地鼓了起来。但好景不长,由于管理不善,事故不断发生,县里采取了许多办法,比如取缔不合格的小花炮厂,比如要求把作坊建在离村子较远的庄稼地里等。但效果甚微,直至2009年秋季,发生了一起特大爆炸事故，致十二人死伤，损失近千万元。此后，县里下了决心，公安、工商、税务齐出动，联手关闭了所有花炮厂。但花炮毕竟是一个传统产业，农民怎么也舍不得丢掉，于是，还是有人偷偷地在家里小打小闹地制作。

　　汽车沿西宝高速，行驶了两个多小时就到家了。叔父因感冒卧病多日，一见我们，似乎好了许多，立马下炕给我们沏茶。家里唯一的取暖源就是热炕，我们兄妹几个脱了鞋，像小时候一样围坐在热炕上。村长、支书是我们小时候的玩伴，知道我们回来的消息，也赶到了家里。

　　我们在回家的路上，看到了村里道路硬化了，楼房增多了，村容村貌变化了，连连夸赞村干部们干得好。可村长和支书眉头紧蹙，摇着头说："不好干呀，不好干！"我问何因，他们说："自从花炮停产后，农民腰里稀软，过去攒了点老底子，也都花光了。现在许多壮劳力都到外面打工去了，今后村里想发展都没有后劲了。"妹妹急忙插嘴说："那少量做点花炮不是也能赚钱吗？"村长说："花炮产业不行了，过去花炮主要靠城里人买，现在城里有了雾霾，不让放炮，偷着做点，也没有人要了。"

　　看着垂头丧气的村长，我突然想起我曾经在陕北某县考察过的养牛场，这个养牛场是公司加农户的经营方式，主要饲料是玉米秆。于是我问村长："村里秋收后，农民是怎么处理玉米秆的？"村长说："过去用来当柴火，做饭、烧炕离不了，现在做饭、烧炕用煤了，玉米秆堆在地里占地方，一般都用火烧了。"

我说:"可惜了,可惜了!你们能不能办个养牛场,用玉米秆做成青贮饲料,发展养殖业?"话音未落,堂妹夫插话了,他激动地说:"可以可以,我的花炮厂就是现成的养牛场。"

堂妹夫是村里的能人,做花炮时就走南闯北,见过不少世面,他的花炮厂建在自家的承包地里,规模是全村最大的。村长说:"咱们可以去他的花炮厂看看。"

听说要办养牛场,弟妹们兴致也来了,大家纷纷下了热炕,顶着寒风,向堂妹夫家的承包地走去。出村口,走了不到十分钟,就看见废弃的花炮厂了。好家伙,五间大瓦房,围墙圈地十多亩,一个现成的养牛场啊!

我对村长和支书说:"要搞就要有规模上档次,让专业人员设计建设,请专业人员当顾问,最少要养五百头牛,这样就能享受省农业部门的扶持政策。"我是根据我曾经考察过的养牛场的情况,给他们出了这个点子。

不知不觉,吃饭时间到了。席间,堂妹夫顾不上吃饭,拿起手机,在大门口打个不停。一会儿,他高兴地对我们说:"我和杨凌农科院的朋友联系上了,他说近期就可以叫人来给咱们设计养牛场,还说养五百头以上国家给予资金扶持。"大家一听,高兴地围绕办养牛场纷纷献计献策。弟弟说:"除了养肉牛,还可以养几头奶牛,牛奶可以现挤现喝。"妹妹说:"再种一些蔬菜和瓜果,绿色无公害,我们自己吃。"我建议按公司加农户的模式,再欢迎多方入股,按法人治理结构的现代企业制度办场。弟妹们也表示支持,并愿意各自拿出部分资金作为养牛场的启动资金,在老家过一把养牛场的股东瘾。最后大家商定:由堂妹夫牵头,村里全力支持,在正月十五前把建设方案和预算拿出来,启动资金由堂妹夫和我们筹集,国家扶持资金由村上逐级上报争取。

养牛场就这样议定了。

离开时,村长拉着我的手说:"省里的扶持资金还要你帮忙哩!"我说:"没麻达!"说完又有些后悔。这时车开了,妹妹说:"你揽下的活,你消化,省里扶持资金不是你想要就能给的。"我说:"走一步算一步吧,咱们现在支持一下,老了就可以回去养牛了!那里是天然别墅,空气好,没有雾霾,头顶蓝天白云,眼观田园风光,吃的是无公害食品,喝的是酿西凤酒的地下矿泉水,不健康长寿才怪呢!"

说话间,不知不觉车进城了,满天的雾霾使人心情立刻郁闷烦躁了。弟弟说:"还是抓紧办好养牛场吧,我们假日里还有个休闲的好去处。"

此刻,大家支持办养牛场的决心似乎更大了一些。

(此文获2014年"基层见闻"一等奖)

发表于2014年3月《陕西日报》

我的大年三十

往常过年,我和妻子是一定要去父母家里的,陪老人吃饺子、看春晚,几十年如此。

今年情况变化了,女儿在马年生了一个"小马驹"——我升级成外公了。腊月二十九,女儿一家三口从北京飞到西安,大包小包一大堆,这架势,是要在我这儿安营扎寨了。

三十一大早,妻子和女儿就跑到超市,拎回来一大堆食品,外带一桶稠酒和一瓶红酒。娘儿俩兴高采烈地开始包饺子,一边包一边筹划起年夜饭的食谱。妻子说:"今年人多,怎么都要整个四凉四热来。"女儿说:"我和'小马驹'喝稠酒,你喝红酒,我爸他们喝白酒,咱们今晚开个'三中全会'。"妻子说:"你爸喝多了爱唱歌,今晚就让他唱个够。"

听着娘儿俩的筹划,我实在不忍心告诉他们我今天的安排。

别问
时间都去哪儿了

人生就像割韭菜,一茬一茬的,父亲是前年去世的,不久我的小外孙就出生了。父亲走后,八十一岁的母亲精神一下子垮了,显得苍老了许多。原来花白的头发全白了,人瘦了好几圈,似乎也矮了许多——其实人的苍老主要还是精神的苍老。我们为她雇了保姆,也经常回家看看,但大年三十,她的孤独感我是能体谅到的。于是,我决定大年三十一定要和老母亲在一起。

我把想法告诉了妻子和女儿。女儿先是一愣,继而失落地说:"我是冲着你们回来的,你走了我们怎么开'三中全会'呀?"我说:"可以开呀,你们给我发视频,我和奶奶给你们发视频,不就开成视频会议了吗?"妻子沉默了一会儿说:"你爸应该去陪你奶奶,这里就由我主持吧。"说完,她把包好的饺子装了一饭盒,交给我说:"拿去吧,晚上煮的时候浇上凉水滚三滚,煮烂点老人好消化。"我提着饺子,会意地给妻子点了点头,向满脸失落的女儿、女婿和我那刚满一岁的"小马驹"挥挥手离开了家。

我家离母亲的住处大约半小时车程。一进家门,母亲高兴地迎了上来,接住我手里的饭盒说:"我知道你今天一定会来!"我心里说,多亏我今天来了!

母亲最关心的还是她的重孙子,问:"会走路了吗?学到什么本事了吗?"我说:"会站立了,还会鼓掌欢迎、双手作揖、拜拜再见,反正收红包的礼数是全学会了,明天就来看您老人家。"母亲说:"好,红包我已经准备好了。"说完咯咯直笑,稀疏晃动的牙齿仿佛随时会掉下来。

傍晚，按照妻子的吩咐，我给母亲端上了"滚三滚"的饺子。母亲边吃边夸饺子馅香、皮烂、好吃。还给我讲起了我小时候过年吃饺子的故事。

那年，父亲在外地工作。我当时只有三四岁，母亲也就二十出头，我们母子经常在干部食堂吃饭。大年三十那天，母亲给食堂帮忙包饺子，我跟着母亲在食堂操作间里玩耍。突然，一个光头胖脸的厨师长拿擀面杖指着母亲大发雷霆，说："为什么不管好孩子，让孩子在厨房随地大便？"厨房所有人的目光齐刷刷地投向了我的开裆裤，只见我屁股下面有一个黄色的东西。母亲一下子红了脸，她揪起我的耳朵说："真丢人……"我委屈得哇哇大哭，说不是屎，是南瓜，母亲仔细一看，果然是一块南瓜在我的小屁股下面引起了误会。母亲在众人面前遭到了呵斥，感到很委屈，眼泪刷刷直流，拉起我离开了食堂。

在母亲的描述中，我看到了一个留着剪发、明目皓齿、年轻漂亮、羞涩好强、受不得一点儿委屈的淑女形象。我问母亲后来怎么样了，母亲说，后来厨师长端着饺子登门道了歉，母亲还不好意思了呢。

这时女儿发来了他们吃年夜饭的视频，母亲对着手机一句话也说不出来，高兴得眼泪顺着脸颊直流。母亲也和其他老人一样，哭的时候没眼泪，笑的时候泪直流；过去的事情忘不掉，眼前的事情记不住；坐在沙发上打瞌睡，躺在床上睡不着……

春晚开始了,母亲却打起了瞌睡,我扶起她老人家,安顿到床上,自己接着看电视。

凌晨时分,窗外响起了密集的鞭炮声,只见母亲颤颤巍巍地抱着个毛毯走出房间,轻轻地盖在我腿上说:"夜深了,屋子凉,小心感冒。"我鼻子一酸,眼泪充盈了眼眶……

此刻,我真正感到了幸福,我这个当了爷爷的人在母亲面前竟然还是个孩子啊!同时我也理解了"上有老,下有小"的时候,其实是最幸福的时候。上有老人的呵护关心,下有童真的乐趣和未来的希望。我们已经褪去了青春的稚嫩,洗净了生活的铅华,懂得了感恩,懂得了回报,懂得了珍惜和付出。老人和孩子终有一天会和我们分手,我们在一起的日子,便会成为最充实的记忆。

珍惜吧!这记忆是上苍赐予我们最美好的情缘。

发表于2015年3月《陕西交通报》

文学写作与个人修养
——在全省公路系统文秘人员培训班上谈文学写作

同志们：大家上午好！

前几天党办的同志找我说："请你做一次文学写作讲座。"我告诉他们："一、我不是专业搞写作的，作家协会、评论家协会等方面的头衔倒是很多，但那都是业余的，是虚的；二、我不是科班出身，和咱们局里的好多同志不能比，许多同志毕业于中文系，师大的、西大的，还有交大的，比起他们，我学养有限，所以讲不了，也讲不好。"但劝我的同志戏言道："你讲不了，你还当啥作协主席哩？（笑）你能不能谈一下你的写作体会？"我想了想，便答应了，因为如果就写作体会而言，我还真有不少。

在长达数十年的写作历练与体验中，我有过成功，也有过失败。不管是成功的喜悦，还是失败的沮丧，讲出来后，作为镜子，恐怕对大家会有一点儿启示的。所以我希望我这个交流发言最好能够得到大家的呼应，我在哪些地方说得不对，你可以站起来，直言不讳地予以批评；哪些地方没有讲透，你也可以站起来质询提问。这样，咱们平等交流，就能互相取长补短。我今天着重想讲三个大问题：

一是人为什么要写作？

在我的理解中，写作的人可以有这么三个类别：

第一是靠写作谋生的人。专业作家，靠这吃饭；杂志、报社记者，干这一行；枪手，现在写作有枪手，他不在体制内，非党员非干部，但他替别人操刀写作，是个写作的替身，别人揽活，他干活。一部电视剧，三十集，一集一万，三十集三十万，他能从中间分到一杯羹。还有帮忙写论文的，写诉状的，都是冲着钱而去；当然还有民间的这传媒，那传媒，目的都是赚钱；古时候有许多御用文人，而今有许多雇佣枪手，这都是靠写作谋生的人。

第二是工作需要。在办公室、党办、宣传部门，工会、共青团、妇联等供职的干部，他们写作，是为"稻粱谋"，是工作需要。写通讯，发消息，搞新闻，写着写着，慢慢地，就不甘心于写豆腐块了，转而会尝试着写散文，写报告文学，写短篇小说、中篇小说乃至长篇小说。

第三就是个人爱好。个人爱好就与职业无关。任何职业的人，只要有写作方面的兴趣爱好，都可以写作。比如我吧，曾经搞过宣传，当过业余通讯员，到了现在，纯粹是爱好，是兴趣，这种爱好和兴趣，不断地督促着我在写作之路上步步前行。莫言、莫伸，包括陈忠实，最早都是搞新闻出身的，莫言在部队里最早就是个宣传干事。所以从事公路建设的同志们，不可轻视自己，说不定在座的某个人，明天就是一个著名作家，获诺奖的可能性也不是没有。（笑声）

每个人都有他的爱好和兴趣。但没有任何一条道路，能够比文学更能吸引人，更能让人魂牵梦绕。六十岁退休，只要你身体健康，若想写作，从头起步，八十岁后照样有可能拿诺贝尔奖。英国女作家多丽丝·莱辛就是八十八岁时获得了2007年度诺贝尔文学奖。有个我熟悉的老干部，退休后整理了几天资料，发现全是各个时期的工作报告和总结，今天否定昨天，明天又否定今天。除了这些，还有几摞精心剪贴的报纸。最后他无不感叹地说："干了一辈子无用功！"道理其实很简单：政治是暂时的，财富是有限的，精神才是永恒的，留下精神财富才是真正的财富。没有任何一种爱好，比文学促使人走得更远，没有任何一种爱好，比文学更能激发人的感情，从而使人获得精神上的满足。追求文学，爱好文学，是一种美丽而高尚的精神活动，它不仅值得，而且有利于身心健康。（掌声）

从事写作，可以归纳为三大好处：

1.可以提高个人品位和素质。你当领导，要讲话，有文采和没有文采就大不一样，有些人就老讲错词，老用错误的成语，台下的哗然，其实就是鼓倒掌，你的威信在一词一句中，就降低了很多。

2. 有助于干好本职工作。你当干事，给领导写材料，才华横溢，得心应手，领导就会重视你，你一定会有出头之日。

3. 可以提高自身内涵和修养。内涵修养也一定影响你的外在气质。有人说，女人三十岁以前的漂亮是爹妈给的，三十岁以后的漂亮是自己修炼的，这个修炼，说透了，就是由内而外的一种高贵气质。

前几天，我参加了一个会议，女主持人很漂亮，模特身材，穿旗袍，赏心悦目，很吸引眼球。领导讲完话后，她说："某某局长的讲话高屋建瓦（瓴）……话音未落，下面一片嘘声。她可能认为高屋子上面盖的一定是瓦。（笑声）就这么一下，主持人的形象一落千丈。大家私下议论她，说她档次太低，当门迎比较合适。所以只有外貌的美，没有内在的东西，至多是花瓶一个。

二是怎样写好文章？

我简单将其归纳为四点：

第一，多读书。阅读是吸收前人的精神营养，阅读也是帮助我们认识社会的捷径。读书的根本目的是为了让自己明白世界，看清自己，书虽然不能帮你解决问题，却能给你一个更好的视角。牛顿说过一句话："读书，使我站在了巨人的肩膀上。"站在巨人肩膀上，那叫站得高，看得远，容易看清事物的脉络，找到解决问题的路径。要多看名著，多看好文章，读一本古书，就是在和几百年前甚至几千年前的先贤对话，在提高我们认知水平的同时，也能打开我们被蒙蔽的心智；读名人的著作，就是在和智者交流。读书可以明史，读书可以明察，从而使我们可以知今知古，给我们以解惑，给我们以启迪。当你的能力还驾驭不了你的目标，那你就该沉下心来历练；当你的才华还撑不起你的雄心，那你就静下心来读书。

要读中国名著，也要读外国名著。国分国界，但文化是日月星辰，全人类共享。文学是人类共享的财富，读得多了，才能区分出高低优劣。只上过华山的人，会觉得华山很高，很险，但当他登上珠穆朗玛峰后，才会觉得华山其实很矮小。不读书是不行的，那么怎样读，又是一个问题。在这里，我想引用英国思想家培根的话，与在座的各位分享：有些书可供一尝，有些书可以吞下，有些书应当细嚼消化。培根的话说得非常好，书太多了，形同大海，人穷其一生，最多只能达到"一瓢之饮"。数千万册，数十亿册，你读是读不完的，因为人生没有多少时间可用来阅读。于是有选择性地读书，才是明智之举。中国古代遗留下来的四大名著你必须读。获奖的书并非一定就是好书，现在评奖乱象丛生，有找关系的，有跟风的，有看眼色的，有拼财力的，真正有实力的作品往往要等后人来挖掘。但获诺奖的书，我建议你尽可能找来读一读。余秋雨的散文我建议大家多读读。余秋雨的散文写得非常好，他的文章内涵非常丰富，他在挖掘历史，解读历史，显得很是厚重。他的散文集《山居笔记》中有一篇文章叫《历史的暗角》，是写小人的。许多人都写小人，因为身边都有小人。而余秋雨写小人，却写得别有意趣。余秋雨先生在这篇文章里分析到:"小人之为物,不能仅仅看成是个人道德品质的畸形,这是一种带有巨大历史必然性的社会文化现象。"他解析费无忌、冯道、杜周,我们便约略触摸到了小人的一些行为特征,用历史上的人物来对应今天的人,入木三分,多么有水平,还不伤及今天的小人。柏杨的散文,余华、杨朔的散文都不错。我省作家贾平凹、叶广芩、杨争光、莫伸、安黎等人的文章也很好。一般人的文章大概看看就行了,像我写的书,大概看看就行了,不要细读。(笑声)我自己写完一本书,常常感觉良好,急急忙忙就想付梓,但一印出来,仔细琢磨,就觉得有不少毛病,拿不出手。后来越写越感觉到压力大,"亚力山大!"(笑声)

前几天在家属院,碰到咱们交通厅的一位处长。他一见到我就说:"领导啊,你名气大得很呀!"我说:"咋了?"他说:"我娃在学校,老师考语文,其中有一道题是:请你写出三位陕西著名作家的名字。我娃就写了贾平凹、朴实、陈忠实。"(笑声)我肯定这个娃读的书太少。家长把我的书拿回去,娃看到了,一翻,前面的作者简介,一串串头衔,嗯,著名作家,就把我写上了。有一天,我见到这个娃,我说:"孩子,过来!记住一点,今后老师要问陕西著名作家时,千万别写我,随便写一个都比我强;但是,要问中国著名作家是谁,你可以写我,因为老师未必就能搞清楚。"(笑声)这娃还连连点头答应:"嗯,嗯!"(笑声)

我主张小孩子读书不一定非要马上理解,有些好文章、好诗句可以背下来，长大了，理解了，就用上了。读古诗的意义溢于言表，有谁不喜欢诗情画意、出口成章的人呢？现在两三岁的孩子还不识字，但只要坚持亲子阅读，孩子的观察力和理解力、记忆力都会得到一定程度的提高，长此以往，总有一天奇迹就一定会发生在您的身边。我现在去许多名胜景点，会不由自主地想起古代诗人描写景观的优美诗句，写文章时也就很自然地用上了。这就像一个孩子小时候吃了很多食物，但他并不知道食物的营养价值，慢慢地，大部分已经长成了骨骼和肌肉。阅读对人的思想改变也是如此。年岁大了，记性差了，许多名言警句记不住了，但孩子记性好，他记住了，将来必然会派上用场，这就叫作知识积累。读书，还是要读好书，脑子里要记一些名家，不要随便拿一本书就去读。

　　第二，多交流。交流产生灵感，相互碰撞，才能产生火花。人和人之间不交流，来不了灵感，经常在一起聊天，容易聊出灵感来。一个闷葫芦一天不说话，光靠自己苦思冥想，越想会越钻牛角尖，找不到出口，更别提出灵感了。在这一点上，贾平凹就做得好。20世纪90年代初，他写了《废都》，在哪儿写的？在铜川桃曲坡水库写的。他来的第一顿饭，是作家安黎约我和几个朋友接待的，我当时是耀县县委组织部部长，三十岁左右。和贾平凹吃第一顿饭，我就发现一个奥秘：他喜欢听人说段子，政治的，黄色的，他都有兴趣。最后这些段子，许多都出现在了《废都》的书里。他通过一个疯子的口，把这些段子一一说出来了，这不是侵权吗？（笑声）与人交流，吸取素材，激发灵感。后来，贾平凹给我写了一幅字：妙手著春。我说："贾老师，人家都是妙手回春，你怎么写妙手著春？"他说："我希望你在写作上多下些功夫。"这对我是很大的鼓励。这幅字，现在我还保存着。有人告诉我，他的字现在值钱了，你保存好啊！（笑声）你们谁愿意掏钱现在我就卖给谁！（笑声）交流，特别是和有文化的人交流，能启发灵感。我和文学界人士在一起的机会比较多，参加这方面的会议也比较多，大家都是朋友，和这些人交流都有收获。咱虚心一点，轻轻松松就能学到东西。我写的中篇小说《青春不迷茫》中的许多情节，就是和安黎老师交流后一口气写成的。

第三，眼睛要勤。不管是旅游，或者是访友，都要注意观察。出国旅游时，不要上车睡觉，下车尿尿，景点拍照，回来一问，啥都不知道。（笑声）应该观察，学习，记录。我在铜川外事办当过四年主任，每年都出国，那是工作需要。出去后，我注意观察，回来写文章。我比较早期的一个散文集叫《人在旅途》，在座的好多人可能都看过。写的就是赴俄罗斯、日本、韩国的体会。写这本书的时候，用了四个十五天。在国外待了十五天，那十五天里，我每天都记录。记录专门拿个笔记本记？那不可能！别人逛商店、逛景点，拿照相机拍照，你拿个笔记本记录，显然不协调，也不方便。我把看到的、听到的有意义的事情，尽量记在脑子里，记不住就顺手拿个东西写，烟盒上也可以写，把当时的场景写出来。回到宾馆，刚一进门，啥都不干，拿起宾馆的便签，把今天的见闻，立即写上去。回国返家后，从口袋里、包里，掏出一大堆纸。妻子问："你那是啥东西呀？"我说："这都是宝贝。"人家回国都带这礼品那礼品，我带回来一堆纸片，还说这是宝贝。其实每一张纸，可能都是一篇文章。从俄罗斯回来的第二天我就开始写，连续写了十五天，这是第二个十五天。每天写一两篇，大概有二十多篇，厚厚一沓，好了，可以出书了。写完后非常累，因为写作是个苦差事，大家都知道，不是轻松事。现在的女士都在找减肥的药方，我告诉你，写作吧，常动脑筋写作的人，像我一样，胖不了。（笑声）接着，我又用了十五天，这是第三个十五天，把稿子放到一边看都不看，正常上班工作。休息十五天后，体力与精力有所恢复，再用一个十五天，逐篇修改，一天一两篇，这本书就是这样写出来的。书出版后反响很好，是对异国风土人情的详细介绍。所以说不注意观察，不细心，不勤奋，不及时记下来，就不可能有这些收获。我后来回想，如果当时回国后，搁置十五天，就啥都没有了。无所收获，出去就跟没出去一样。

第四，要多写。不要怕不发表，不要怕受挫折。这一方面本人受过多次挫折和打击。1981年我写过一篇文章叫《农民欢迎大包干》。当时我给一个县长当秘书，这篇文章写出来后，我交给了县长。县长是个改革派。1980年刚开始搞农业责任制，安徽凤阳打了头炮，中央还没有一号文件。我们那个县长，在省上召开的全省农村工作会议上，把《农民欢迎大包干》这个材料递交给会务组，会务组把这个材料作为会议内部交流材料，发给了参会者，后来被省委一个主要领导发现，他很是不悦，要求立即收回。领导说："这样的文章，怎么能在大会上发？中央还没明确的政策，大包干就是倒退！"县长回来就对我说："麻烦了，麻烦了！"我说："怎么了？"县长说了会议的情况。当时阶级斗争的硝烟还没有散去，县长担心这篇文章会给我们两个人政治上带来麻烦。我当时头就大了，非常紧张。因为我背过县长，还干了一件事，就是在县长到省上开会的期间，我把这篇稿子投给了《陕西日报》和陕西人民广播电台，上面署着我的名字。我想这下可招惹大麻烦了。过了三个月，没人找我茬子，我感觉到没啥事了。春节后，中央一号文件下来了，鼓励在农村实行承包责任制，农民可以承包土地。我那篇文章所表达的观点，比中央的决策超前了好几个月。中央文件下来后不久，陕西日报社、陕西人民广播电台，给我发了一个优秀通讯员证书，并且邮来一个通知，说《农民欢迎大包干》一文获1981年新闻一等奖。没有发表，怎么能获奖？依我看，新闻媒体也是紧跟形势在给自己贴金哩！言下之意是，他们很敏感，和中央的观点早就是一致的。这个事情的教训是什么？现在梳理，发现自己还是有点莽撞，如果当时没有中央一号文件，我本人的政治生命也可能就此结束了。当时是"一大二公"，搞社会主义，公有制你咋能把土地给农民分下去？看来，敏感不全是好事，新闻上太敏感太超前，那是要出乱子的,特别是像我这样没有背景的业余通讯员。(笑声)1983年,我还写过一篇通讯,题目是《又一幕人生悲剧》。当时我在县公安局工作,破了一个案子,在水库打捞出一具尸体,是一个17岁的男尸,捆着用麻袋包着。通过绑麻袋的绳子,我们查出是一个村妇把自己的娃杀了。案子一破,这个妇女交代说,她的娃懒惰,初中毕业以后活也不找,啥都不干,成天在家里和她生气,还打她骂她,甚至到了拉屎尿都不出门的状态。他妈说:"他就是个逆子,那天我在灶房拉风箱烧火,他跑来就拿巴掌朝我的脸上扇,我随手拿起炭锨一抡,打在他头上,没想到他就死了。"尸检是颅骨粉碎性骨折,当场死亡。死后他妈害怕了,就拿麻袋一装,架子车一拉,拉到离她家只有一公里路的水库,推了下去。我把这个案子写成了一则通讯,很快,《铜川日报》登了出来。三个月后,《铜川日报》在刊发我稿件的同一个版面,也登出了另一篇文章,名曰《一个假新闻是怎么出炉的》,指名道姓地对我进行批评,说检察院和法院调查的结果,是这个女案犯和一村干部有奸情,被娃发现了,娃就和他妈过不去,他妈怕奸情泄露就把娃打死了。这样的结论,和我们当初侦察与审问的结果完全不同,案件性质完全变了。显然,我的这则报道写得过于草率和匆忙了。这件事给了我一闷棍,以至于使我暗下决心,将永不写稿。后来,在领导和同志们的鼓励下,加之写作有瘾,戒之亦难,自己控制不了自己,于是在风平浪静之后,就又不安分了,就又拿起了笔。(笑声)

后来，我开了博客，我的博客开得比较早。博客发出文章，有人评论，很多人发评论。而我从不怕评论，不怕批评，借用但丁的话说，那就是"走自己的路，让别人去说吧！"写自己的文章，让别人羡慕嫉妒恨吧！（掌声）因写博客，久而久之，我的写作水平也在不知不觉中提高了。我在市交通局工作的时候，写了一篇文章，标题是《主席台脸》。写常坐主席台的人，容易患面部神经麻痹，笑肌萎缩，不会笑，脸上毫无表情，退休后孙子看着也不喜欢。（笑声）其意讽刺当下某些领导常开会，开长会，讲话言之无物，套话大话连篇的官僚主义作风。结果就有网友评论道："我知道你是一名领导，你常坐主席台，是否面部神经也麻痹呢？"（笑声）这是损我，但我不生气。我回复评论说："没有关系，我有眨眼睛的毛病。"这就过去了，你用不着太较真。

我还写过一篇文章，是那年"三八"节时写的，题目叫《女人不易》。我从女人和男人在单位同工同酬，但女人在家里还要干家务，要承担很多事情写起。我写我的母亲，同样是老革命，家里来的客人都是冲着我父亲来的，我母亲沏茶递水，人家连问都不问。现在的人很势利，眼光只盯着当官的。我从小在家里看到很多，耳濡目染有感而发，就写了这篇文章。有网友评论说："看来你是一个喜欢女人的人。"我回复他："谁不是女人生的？谁不爱自己的母亲和自己的姐妹呢？"（笑声）好多人在骂女人的时候，却忘了自己的母亲是女人；有些女人在骂男人的时

候，全然忘记了自己的父亲是男人。（笑声）

总之，要多动手，多练习，不要怕挫折。契诃夫说过一句话："写，只有写，你才会写。"不写，你就永远不会写。

第三个大问题，写作技巧。

谈写作技巧，我将以自己的写作实践和写作体会作为这一部分的主要内容。

干什么都有技巧，都有章法，都有规律可循，写文章也不例外。新闻，简单地说就是"快、新、实、真、强、短"这么几个字。要有标题，有导语，有主题，有结尾。我过去经常写新闻，这里不细说，一会儿有老师专门讲。报告文学是用文学的语言描述真人真事，兼有新闻和文学双重特性，因此也要讲究时效性和真实性。小说就是编故事，故事源于虚构，但虚构不是胡编乱造，而是要求符合社会的逻辑与生活的常理。捷克作家米兰·昆德拉说过一句话："每一个十字架的下面，都埋藏着一部长篇小说。"也就是说，每个人都是一部长篇故事。写你熟悉的事情，写你熟悉的人和事，写你自己，这就是小说。叶圣陶老人说："作文，无非就是把嘴巴的劳动转移到手上，是心手联动的有趣结合，略加提炼就可以了。"所以可以先说后写，先嘴巴后笔头。我读《围城》的时候，注意到钱钟书在《围城》后记上写了这么一段话，说他每写一段文章就迫不及待地要给他的爱人杨绛（著名学者，现在一百零四岁了）去读。杨绛为此都烦了，但还得读，读的过程中如果发现文章里存在的问题，就给他提出修改建议。赵树理（山西的，所谓山药蛋派作家）说过一句话，大意是：四十岁以前写不出好小说。当然这话有些绝对，但他的意思，却并非毫无道理，他是说一个人假若没有生活阅历，要写好小说比较难（当然也有例外，像现在冒头的韩寒、郭敬明等，都很年轻）。俄罗斯的著名批评家别林斯基说过这样的话："一切美好的事物常常蕴含在活生生的现实中。"所以说，小说你想编还是很难的，要写好，最好要以真实为基础，以现实为模板。

下面简单说几点我个人在写作方面的技巧和体会：

第一点，题目要亮。题目不亮，不足以吸引人，再好的内容，也可能没人去看，所以我比较注重文章的题目。去年我写了一篇稿子叫《清华！北大！随便填一个》，发出去第三天，交通报的四版头条就刊发了。实际上事情很简单，但是题目比较亮。说的是去年高考刚结束，考生填报志愿时，我在边家村附近见到一对夫妇。男的汗流浃背，耳朵上还夹根纸烟，嘴里吃着肉夹馍，手里拿着半瓶矿泉水，女的手里提着个篮子。打眼一看，八成是农民。我听到了这一对农村夫妇的对话。女的手拿手机（好像刚向谁咨询过）问男的："清华、北大哪个好你知道不？"男的说："谁知道哪个好，自己拿主意，随便填一个。"（笑声）牛啊！周围人都投去了羡慕的眼神。农民对上什么大学根本不在乎，倒是咱们城里人成天在乎这个在乎那个。然后我就思考起了城里人的生活状态，特别是在教育孩子方面，很明显是步入了误区。"九〇后"孩子的童年就从各种补习班开始，"如果学不死，就往死里学"，他们的世界少了田野，少了蓝天，少了体力活的锻炼，人人都要走考大学的独木桥。我的结论是，真正活明白的还是乡下人！这个题目选得就比较亮，能夺人眼球。

2014年初，省委发通知要求领导干部写回乡见闻，带着任务，我写了一篇应试文章。春节回老家，看见老家原先那些产业都没有了，尤其是传统的花炮产业，都不能做了，都消失了。我问村长："能不能转换思路，干些别的？"建议村长带领村民养牛，用玉米秆当饲料。我老家那个地方，玉米秆平时都烧了，很是浪费。我把这个事写成了回乡见闻，为其起了个题目，叫《老了回家养牛去！》，该文刊发于《陕西交通报》的四版头条，《陕西日报》三版也登了出来。许多人看后都说，你那篇文章的题目不错。能引起大家的共鸣，说明它直戳人的心窝。每个人都要老，老了干什么呢？得有个去处呀！退一步想，如果题目写成"养牛是个好产业"，肯定难以吸引人。所以，题目亮，很重要，内容是一方面，题目是为内容服务的，要先声夺人。2012年、2013年、2014年，三年回乡见闻，我的三篇文章都被交通厅评了奖，两个一等奖，一个二等奖，我自以为是题目为文章增了色，加了分。

第二点，文字要美。这个方面，我想还是要借鉴一些名人的写作方法。贾平凹的散文写得非常美，如《丑石》《对月》《风雨》等，读起来有滋有味，使人很有阅读快感。去年的《人民日报》，刊登了贾平凹的一篇散文，是写过去路不好坐车难，现在路好了坐车易，两相对比的点点滴滴。道路与交通，交通系统的人写得最多，咱们写过去道路坎坷泥泞，会说坐敞篷车尘土有多么的大，多么的拥挤难受。贾平凹不这样写，人家写坐车难，坐敞篷车难，一个细节就搞定了：一个农民从商洛坐车到了西安，下车时，站不起来了。一摸腿，腿不见了，左腿右腿都不见了。腿到哪里去了？说明腿被压得麻木了，压得麻木的腿没有知觉了，足以说明车里的人拥挤到了怎样的程度，说明颠簸得何等厉害，竟至于自己找不见自己的腿了。另外，在《废都》后记上，他写耀县的咸汤面。咸汤面的调料耀县人都知道，就是放些盐，再浇油泼辣子，不放醋。他不说这些，不说臊子面薄、筋、光、煎、稀、汪、酸、辣、香，不说那个形色味。他是这样写的："咸汤面要圪蹴在门口吃，吃了一碗，香！又要了第二碗吃完，香！要了第三碗没有吃完，站不起来了！"站不起来，多么形象！嘴里觉得香，但肚子承受不了，站不起来了。贾平凹确实是语言大师。我们要写好，就要向这些名人学习。

　　文章不是想怎么写就怎么写的。这里，我给大家举一个例子。我在县公安局工作了十年，写了十年的文章。1983年那年，公安局调来一个大学生，西北政法学院毕业的。当时大学生到基层去的不多，这个学生可能关系不硬，被分到了耀县公安局。这个时候，公安局破了一个案子，强奸案，局长让他赶快写一期简报，呈递县委和县政府。大学生文绉绉的，熬了一天一夜，第二天将写好的文稿交给局长。局长在文稿上批了八个字：八股文风，狗屁不通！这当然很伤大学生的面子，后来他听说我能写案例，就来找我。我看了一下，发现他写的文章确实不行。文章很短，他是这样写的："案犯刘某，黄昏时分，上山打柴，见一妇女，遂起歹意，手持弯镰，压倒在地，割断裤带，强行奸污。村民王毅，见义勇为，奋力搏斗，抓获案犯，扭送公安，依法惩办。"完了！我对他说："小宋（这人姓宋），文章不能这样写。简报虽简，却简练而不简单，一定要把话说清，把事情交代清。"他说："我写的就很简练呀，我哪里没写清楚？"我给他解释："至少文字不合乎要求。领导说是八股文，你这可真是八股得可以呀！"后来我把案卷拿过来翻阅，看到见义勇为的救人过程非常生动感人，于是我就决定重新写它，把重点放在救人的过程上。我是这样写的："黄昏时分，夜幕渐渐降临，突然，荆棘丛中蹿出一个黑影……"如何如何，写完，领导一看，签了一字：发！（笑声）讲这些，就是强调一定要讲究语言美，要有场景描写，要绘声绘色。

第三点，观点要新，要有突破。观点要新，不是说要为新而新，故弄玄虚。电视里经常举办大学生辩论比赛，像"文革"时期的大辩论一样，辩来辩去辩不出多少有价值的结论。真理是实践出来的，不是辩出来的。在这一点上，邓小平倒是个不错的榜样。20世纪90年代初，人们对姓社姓资辩论不休，他提出"摸着石头过河"以及"白猫""黑猫"的理论，倡导不争论，边走边摸索，这样的观点很是新颖。于是乎，中国的改革开放就从以广州特别是深圳为代表的沿海地区开始起步。不争论，先试验；遇一事，解决一事，这就是新观念新观点。

　　写文章要有新观念，不能陈芝麻烂套子。韩寒、郭敬明这些青年才俊，为什么能出奇制胜呢？他们的法宝就是求异，求新。有些作家，包括台湾的柏杨、李敖，都是敢说别人不敢说的话，他们求新求异，能够推动社会进步。但是，过分地求异，只看黑暗的东西，不看光明的东西，长期下去，这个人就会心理灰暗，活不出潇洒。就连韩寒自己在一篇文章中也说："我的许多批评都是有罪推论，制度不好、政府腐败、悲剧发生、人民可怜，我想任何社会这样的批评都会受到民众的欢迎，你在任何地方对任何人说'咱们真可怜，你们的上司是个屁，他们弄砸那么多事情，还开着好车，养着小秘，以你的能力早该当上领导'。这话除了那个上司不爱听外，其他人都感觉说到了自己的心坎上了。"韩寒们的求异开始都是这样求的，现在他开始反思了。现在流行的官场小说，迎合了民众的一些心理，比如《二号首长》《驻京办主任》，还有《女市长的情人》等，五花八门，却都千篇一律。我在基层领导岗位上工作时间较长，很想写一部官场小说，但我一看官场小说都这样写，我就不写了。许多都是些胡编乱造，把好多坏事都加到领导头上，其实并不是这回事，真的不是这回事。说句公道话，大领导我没当过，基层领导其实是很辛苦的、很可怜的，有时候是很狼狈的。领导上面还有领导，层层把你压得喘不过气来。下面人看你的脸色，你要看上面人的脸色。我当市交通局局长的时候，成天在高压下生活，大桥建不起来，没有钱，怎么向政府、人大、市委交代？我手机二十四小时不敢关，总担心有事故发生。所以说求异不能盲目地乱写，应该写向上向善的作品。

第四点，要求真善美。我这里所说的"真"，是真诚，一个不真诚的人是写不出感人的文章的；"善"是善良，一个心理邪恶的人是写不出有正义之气的文章的；"美"是美好，语言文字要美好，话有三说，巧说为妙。一定要巧，不巧不行。我在卫生局工作时，遇到这么一件事：一天，一个医院的科长来找我，说："领导，我写了一篇文章，你帮我看一看，改一改。"我问："什么文章？"他说："我写了一篇述职报告，竞选演讲稿，一个业务副院长要退休了，现在有三个科长要竞争副院长，我们三个的学历不差上下，威信也差不多。这次演讲很关键，演讲完以后马上现场投票，票多的就是副院长。"我把文章看了后对他说："你这个演讲稿讲过后，不但当不上副院长，你连科长也当不好。"他问："为啥？"我说："你不会说话。"他的文章开篇就指责副院长，说医院管理出现了很多问题。我因为没时间改，就告诉他应该怎么改："第一，要感恩现任副院长，罗列他的辛苦与付出，肯定他的成绩。然后说自己将在现任副院长努力的基础上，接过接力棒，使医院的工作再跨一个新台阶。不要说在你领导下如何如何，那样你就显得高高在上，而是要说在在座的各位并肩协作下，我们共担风雨，共享荣光，携起手来，共同来做好几件事。结尾还可以高调一下：我们的目的一定要达到，我们的目的一定能够达到！（笑，掌声）。听了我的建议，这个人说："好，我回去照你说的改一下。"结果，角度一变，结局就会跟着变，毫无优势可言的他，果然高票当上了副院长。后来我见到他，他说："你还是高明一些，我们还是幼稚一些。"我说："你不是幼稚，是心态问题。竞选其实是一门心理学，谁抓住了人心，谁就能赢得选票。"

时间有些紧，我最后用这样一段话结束今天的交流发言：写作是个苦差事，但其乐无穷，它陶冶情操，净化灵魂，是留给后代的宝贵财富。没有《史记》《资治通鉴》，我们就无法知道历史。人们记不住历代帝王的名字，却都能记住司马迁、李白、杜甫、白居易、吴承恩、曹雪芹等。原因何在？就是因为人们有精神方面的诉求与需要。文学是一条布满荆棘的艰难之路，是一条崎岖险峻的盘山之路，但同时也是一条铺满霞光与鲜花的道路。不论怎样，写作都是对心灵的滋补，对精神的彰显。当物质已不再成为多数人生存的压力时，更多的人便会转而追求一种更有质量更有意义的生活。这时，文学的面目就会越来越妩媚动人，越来越光彩照人。

谢谢大家！

2015年5月

后 记

写在《别问时间都到哪儿去了》出版之际

看着这本十多万字的散文集，我想，这可能是我业余时间写出的第十本文学书籍了，也应该是我在岗期间的收官之作了。

我写作一直是业余的，水平也很业余。同事常常问我："你工作那么忙，哪里有时间写作啊？"我会模仿名人的话回答说："时间就像海绵里的水，挤一挤总是会有的。"其实这是场面上的官话。

我始终认为，人的一生应该丰富多彩。事业、家庭、业余爱好缺一不可。工作是谋生的手段；家庭是温馨的港湾；业余爱好是丰富生活的调色板。这三者互相补充，互为条件，相得益彰。有了单位，就有一份稳定的工作，就有了安全感、归属感。如果你是小草，单位就是你的地；如果你是小鸟，单位就是你的天空，离开单位你啥啥不是。家是个港湾，是远航的船只停泊休息的地方；也是温馨的鸟巢，是疲惫的鸟儿栖居的地方。家里的事情一定要处理好，包括对父母的孝敬，对子女的教育，这是责任，也是义务。千万不要说"只为大家不为小家"的大道理，"大家"是由无数个"小家"组成的，如果"小家"都乱七八糟的，何谈大家的安定团结？不可想象一个连家都理不好的人，能安心地在单位把工作上的事情处理地游刃有余？古人云："一屋不扫何以扫天下"就是这个道理。业余爱好也很重要，没有爱好的人朋友就少，圈子就小，视野不宽阔，心情不愉悦。选择了适合自己的爱好，生活就会丰富多彩。

我的业余爱好较多，文学写作、旅游照相、音乐歌唱、棋牌麻将。像我的工作一样，调动部门多，行业跨度大：组织、公安、外事、卫生、交通等等，啥部门都干过，啥工作都不精，如万金油般到处抹，治不了病，但也不害人。

爱好多了朋友就多，每一种爱好都有一个朋友圈子。诸多爱好中，坚持较好的应该是文学写作，当然这与从事的工作有很大关系。起步时作为通讯员，文字水平得到了单位和社会的肯定，因而一发不可收，在文学道路上越走越充实，越走越愉悦。在公安局工作时，写出了案例报告文学集《香山下的阴影》；在外事办工作时，出国机会多，写出了散文集《人在旅途》；在卫生局工作时，编辑出版了《人活百岁不是梦》如此等等。写作、阅读，无疑增长了知识，提高了文字水平，同时也促进了工作。

现在这种爱好已经成为一种习惯，灵感一来就想写，一写就

后 记

激动，一激动就出来好文字，如果发表出来就高兴很长时间。至于别人怎么想、怎么评价，我从来不关心。写作填补了我的业余时间，特别是感觉无聊时候的时间，使我充实并且具有成就感。有一句话说得好，你所浪费的今天，是昨天死去的人所奢望的明天；你所厌恶的现在，是未来的你回不去的曾经。为此，我不敢浪费一丁点儿时间。文学是一条布满荆棘的艰难之路，是一条崎岖险峻的盘山之路，但同时也是一条铺满霞光与鲜花的道路，即使登不上巅峰，路上的风景也足以让你陶醉。有付出，必有收获，苦中有甜，甜中有苦，但不论怎样，写作都是对心灵的滋补，对精神的彰显。当物质已不再成为多数人生存的压力时，更多的人便会转而追求一种更有质量更有意义的生活。文学这种爱好可能要伴随我的终身，只要我有思维它就会伴随着我。从健康角度讲，勤动脑、常思考的人不得老年痴呆症。

这本书，我取名《别问时间都到哪儿去了》，是我近期写的一篇散文的题目。我常常感叹时间如梭，人生如梦，一眨眼，怎么就六十了？怪怪的。岁月不饶人啊！道法自然，顺其自然吧。珍惜时间，热爱生命，能潇洒快乐地活着，不给组织添麻烦，不给亲朋当累赘才是真功夫。所以，我的爱好会更加丰富多彩，并且会由业余向专业发展。

此书即将付梓。在此，我要感谢交通作协给我们创造的这次出版丛书的机会；感谢省公路局领导和公路集团公司有关单位领导的鼎力支持；感谢为此书校对、编辑、印刷付出艰辛劳动的副研究馆员滕茉利同志；感谢太白文艺出版社的编辑和校对人员付出的努力。

朴 实

2015年10月